KB197064

낯익은 얼굴
낯선 자화상

낯익은 얼굴 낯선 자화상

김형출 시집

좋은땅

아비가 자식에게
절 올리는
기구한 운명이다.

뼛속까지 파고드는 그리움
가슴에 묻고,

나는
'낯선 얼굴 낯선 자화상'의 변명처럼
뻔뻔하다.

2025 을사년 해오름달, 초하루

김형출

차례

2부 달의 섭동(攝動)

3부 어떤 매듭에 대하여

4부 초상에 대하여

1부

어떤 도덕경
강독에 대하여

바람이 시작되는 곳

바람이 시작되는 비밀정원은 아직 알지 못한다

여기 이십이여 년 살아오면서
내가 아는 것은 녹색 정원 산딸나무 열매에서 별이 뜨
고 모과꽃 앙증맞고
사과나무 나무초리가 하늘가에 걸려있다는 것 외, 우
리 사이 빛의 산란 푸르디푸르다

고요가 뜰에 내려앉으면 향나무의 풍문이 파다하다는
것

어느 집에선가 애완견 짖는 소리가 앙칼지다
사람 사는 비발디 세상처럼 바람은 왁자지껄하다

살아 있는 것들 빼꼭하고 문명의 사이사이에 바람이
분다
사람 사는 우리들 세상
맥문동 이파리에서 초록 냄새가 난다

　　　　　　　　　　　　　　　낯익은 얼굴 낯선 자화상

살구나무, 단풍나무, 이팝나무 소나무의 웃음소리 환
하다
아파트 입구에 들어선 바람, 나뭇가지를 스치며 지나
간다

바람이 분다

시간 안에 하루가 있다

저마다 천재일우(千載一遇) 끌어모아 불가사의(不可
思議)의 영겁(永劫)으로 한술 뜨니 하루가 시작이다
시간을 호주머니에 넣고서 현관문을 나섰다
스쳐 지나가는 찰나가 아깝고
아승기(阿僧祇)가 지루하다마는
하루가 무량대수(無量大數) 되고 애(挨)가 되어
한번 떠나면 다시 돌아오지 않을 순간이
눈에 밟힌다
약이 되고 병이 되는 순간들 시간 안에 있다
지갑 안에 하루를 집어넣으면
주민등록증 운전면허증 신용카드
지전 몇 장 이것들
하루를 사고파는 장사 밑천이요
저잣거리 좌판이다
손님 기다리는 오가는 시간
지갑 안에 구겨 넣으면
짧게 길게 지갑 안에 하루가 있다
천천히 하루를 씻어 내리면

만지작만지작 나를 사고파는 욕심들
짧게 길게 하루가 지갑 안에 있다

나·전달법

너 아닌 나의 세상 도모한다면
세상은 아름다울 것이다
정체성 회복으로 공격당하거나 비난받을 일 없고 너
와 내가 함께하는 세상
열릴 것이다

A 요양보호사 교육원,
요양보호사 자격 취득 과정 교육
어땠어요?
"일상에서 유용하고 자화상을 보는 듯한 공부라 참 좋
았어요."
어른과 아이, '어른아이'도 공부했고요
생로병사도 공부했어요
갓난아기가 한 살 한 살 세월을 먹다 보면
농익은 어른이 되고 철부지 어른아이가 되지요
어른아이는 외롭고 고독합니다
'빈둥지증후군'조차 삭막한 세상 되어
부양하기 쉽지 않은 수정확대가족

인지 지능이 떨어져

움츠린 어른아이의 그늘진 모습이

한 권의 책 속에 오롯이 남아 있습니다

오른쪽 편마비 대상자 눈망울엔

그리움 가득하고

외로움의 머나먼 길

그래도 행복했으면 좋겠습니다

비타민 D 드시고 기죽지 말고

잘 살아요, 그날까지

'노인 한 사람이 죽으면 도서관 하나가

사라지는 것과 같다'라는

긍정적인 생각 말이에요

여러분,

A 요양보호사 교육원,

요양보호사 자격 취득 과정 교육

어땠어요?

일상에서 유용하고 내일의 자화상 같은 공부

참 좋았어요

죽음에 대하여

예스럽게 죽음의 말씨 금기시한 적 있었지
하지만 죽음은 유행처럼 퍼져 있다
뒷산에 목맨 사망 아저씨의 죽음
농약 마신 단명 아주머니의 죽음
폐결핵으로 떠난 뒷집 아저씨의 죽음
뱀탕 냄새가 돌담으로 서멀 넘어올 때 슬펐다
울음 한 번 울지 못한 영아의 죽음
세월이 흘러도 계속되는 죽음들
유행처럼 번져있다 내가 아는 죽음
내가 모르는 죽음조차
남들도 그리 생각할 것이다
날아다니는 죽음, 고층에서 떨어지는 죽음
묻지 마! 죽음, 음독자살, 뇌출혈, 심장마비
위암, 폐암, 간암, 대장암
골목길에 버려진 죽음까지 전부인 양
세상은 왜 이렇게 되었나요?
코로나19 죽음까지 무섭다
나는 죽음 속에서 살고 있다

낯익은 얼굴 낯선 자화상

죽음 앞에 무덤덤하다
나는 죽음에 대하여 생각한다
엄숙하고 서늘하다
눈물 한 방울조차 바위처럼 짓눌리고
내 몸 하나 씻어내지 못할 죄업처럼
한 젊은이는 돌아오지 않았다
텔레비전에서 붉은 잇몸이 나타났다
그 죽음이 내 주변에 다가오고 있는 듯

어떤 도덕경 강독에 대하여

인간의 영역에서 무위(無爲) 같은 말
정답은 없다
채우고 비우고 채워져서 더 비울 수 없는
눈부시지 않은 마음 없이 세상 바라보기
그 깊이는 알 수 없다
도무지 깨달은 자의 모습만이 선하다
밥 주는 어머니가 세상에서 가장 아름다운 여자
버려진 자식 하나 없이 사랑하리라
텅 비었구나
나는 도가 누구의 자식인지 모르겠다
깊은 골짜기 숨어 보인다
골짜기 정신은 죽지 않는다
그래서 신비하고 황홀하다
하늘과 땅의 근원이다
생명의 원초이다
어머니의 골짜기 물처럼 흐른다
반전의 세상, 역설의 세상
오래된 진실처럼 좋다

낯익은 얼굴 낯선 자화상

그래도 정답은 없다 거꾸로 가는 길
눈에 보이는 것만이 세상 전부가 아닌
눈에 보이지 않아 훤히 보이는 지혜가 아름답다
드러내지 않아도 빛나는 베풂이 드러나지 않을 때 빛
나는 겸손
영원히

공양

공양 앞에 있다
바리를 펼치자, 법공양이다
발우 한 벌 국그릇 하나 물그릇 하나
찬그릇 하나 질서정연하다
누구나 넘볼 수 없는 약식동원이다
식종(食鐘)이 울리면
공양의 고마움 우러르다 수저 한 벌
발우 받침 하나 발우 수건 하나
수젓집 하나까지 예를 갖추고
이판승까지 맞이한다
소담스러운 풍경이다
공양 안에 공덕이 가득하다
묵언수행 죽비소리 정갈하고
청수물의 지극정성이다
갈고닦고 비우는 한 톨의 정성
공양이다

연밥 공양 앞에 있다

산문(山門)에 들 때마다
공평을 생각하게 된다
부처님의 자비, 사랑, 평화
공평하다 하던가?
믿을 만한가?
부처의 가르침은 유행 타지 않는가?
이런저런 선문(禪門)에
합장하고 시주함을 본다
물질로 공덕을 베푸는 것 아니겠느냐?
보시의 공(空)한 부처님 말씀
부처는 부처님이 아니라 나 자신이라 했거늘
믿을 만한가?
잿밥에 눈먼 나의 연밥 공양 합장하고
나무아미타불 관세음보살

거미의 집

간밤에 한바탕 지나갔나 보다
대지 위에 우주의 발자국 찍혀있다
터앝에 시선을 팔았다
풋고추가 싱싱하다
돌담에 호박꽃 미소를 지어 보이는데
박하꽃 올망졸망 깔깔대고 웃고 있다
제피나무 옆에서
어머니가 빠끔히 얼굴을 내밀고
말을 건넨다
출아, 언제 왔나?
복 바위에 어머니가 웃고 계신다
복 바위 앞에 나팔꽃이 피었다
오이꽃, 벌 나비를 유혹한다
깻잎에 붙은 사마귀야
이른 아침부터 뭐 하고 있니?
보석 이슬 영롱한 토란 잎사귀 뒤에 숨은
붉은 고추야 아무 데나 쉬하지 말라
남우세스럽다

낯익은 얼굴 낯선 자화상

자욱하게 내려앉은 잿빛 하늘 저 멀리

기백산 안개 속에 잠겨있는데 내가 바라보는

풍경 너머 풍경 안에 무심히 두리번거린다

쌀 나무에 열린 농심처럼 해바라기 우뚝 솟은 하늘가

에 집 한 채 영롱하고

농자가 구경하고 간 거미의 집

돌탑

수락산 도정봉 산길 따라
내려오면 후미진 곳
하늘과 땅 발자국 찍힌 탑
앞에 있다
누군가 소망을 담아 층층이 쌓아 올린
누군가의 손길
정성이 묻어나는 돌석 위에
또 하나의 염원이 얹어질 때
다소곳이 두 손 모아 기도하는 탑
금방 무너질까 조부비는* 내 안의 탑
쌓으면 쌓을수록 누군가의 번뇌를 딛고
희망의 탑이 되는 구름 아래 선방이다
세속을 넘나드는 호듯속** 거사들의 풍상 너머
간절한 소망 담은 시간 층층이 다독이고
작은 정성들 복받쳐질 때
탑은 무너지지 않는다
거의 천일 년이나 끄떡없이 반긴다
바람 소리 번지는 탑에서 낮달 차오르고

낯익은 얼굴 낯선 자화상

탑 그림자 사위어지면 천지 애모는
누군가의 인연으로 맺은 그 탑이다

* 순우리말, 초조하다. 조급하다.
** 복잡하고 뒤숭숭한 일. 미로(迷路)

어떤 기부에 대하여

부음에 화들짝 놀란 사람들
김 씨 외아들이 죽었다는 부음에 멍하다
남의 일처럼 생각하던 내 일 앞에
삶과 죽음의 찰나는 기구한 운명이다
자식이 부모보다 먼저 죽으면 불효요 불행이다
자식 볼 염치가 없어 장례식장 앞에 서성이는 김 씨
자식 영정만 바라본다
마스크를 쓴 문상객들 왁자지껄 오간다
일렬횡대로 서 있는 근조화환은
검은색 리본 달고 초상을 알린다

하늘연달 불국산 거북 바위 아래
연화사 뒤뜰에 단풍이 물들어 있다
오가는 길손처럼 단풍도 제각기 물들었다
노승의 삼귀의례(三歸依禮) 숙연하다
인연이 다하면 생은 맥 빠지는 법
홀로이 왔다가 홀로이 떠나는 이별이지만
성급하다 못해 잠옷 바람으로 떠난 영혼처럼

낯익은 얼굴 낯선 자화상

한 줌의 흙이 되어 육신은 창혼(唱魂)을 여미고 있다
'집에 두고 온 것은 찾지 않는 거래요'
선해 스님의 공간처럼
독경(讀經) 울려 퍼지는 뒤뜰엔 숙연히
부자간에 얽힌 매듭 풀지 못한 채
'기부'라는 두 글자 이름표만 남겨두고
나는 자식 잃은 죄업으로
무주고혼으로 살아가리라
한 젊은이는 햇볕 드는 잔디밭에 묻혔다
영문도 모른 채

유품을 정리하다가 생때같은 젊음을 보았다
아깝다는 생각이 퍼뜩 들었다
자식 복 없다던 단명이라던 스쳐 지나가는 말들이 씨가
되고 싹이 되어 너와 내가 맺은 인연 여기까지인가 봐
서른아홉의 청춘 모두 내려놓고 한마디 없이
그렇게 급히 떠나는구나, 매정하게 그립고 아프고 슬
퍼 눈물 한 방울 흘리지 못한 그대의 초상 기형도의 시
집에 펼쳐놓으니, 얼굴조차 흑백이다
검은색 명함에는 수신되지 않은
낯익은 휴대전화 번호가 찍혀 있다

비밀스러운 공간에 침묵이 흐르고
먼 길 떠나는 자식을 위하여 찾지 않던 유품 하나
가슴에 품고 물끄러미 바라보았다
불국산 연화사 자연장 묘비명에
검정 연꽃 한 송이 곱게 피었다
먼 길 마중으로 배웅하고 불국산 바라보니
주봉에서 아들이 산행 중이다
울긋불긋 곱게 물든 풍경 넘어 풍경소리 은은한데
단풍 한 닢 애모는 발길 뒤돌아 멈춘다

아직 정리하지 못한 유품에서
와락 그리움이 쏟아졌다
그리움은 아들의 명리(命理)였다
명리에서 아들 냄새가 난다
냄새의 흔적을 바라보았다
한국혈액암협회장 감사패 속에서
아들은 환하게 웃고 있다
죽은 줄도 모르고
서른아홉의 짧디짧은 생이 밟힌다
나는 자식 유품을 정리하는 기구한 운명이다
함부로 지우거나 버릴 수 없는 그 흔적들

낯익은 얼굴 낯선 자화상

나는 무제이다

명리(明利)를 쫓는 일, 명분이 약해 미안하다

너와 멀리할 수 없는

그 인연,

고독에 대하여

가을 남자는 외롭다 못해 외롭지 않다
높디높은 하늘 바다 온통 갈대밭이다
흔들리다 흔들다 그 갈대의 몸짓으로
숨어 우는 남자여
외로워 마라
차라리 고개 숙여 기다리는 시간마저
홀로 서면 황량하다
침묵의 시간 마음의 무게를 지고
그리움의 노래가 가슴 깊이 스며든다
갈대밭에 바람이 불면 갈색의 노래
은빛 물결처럼 흔들린다
갈대밭 바라보이는 하늘가 계단에 앉아
눈 감으면 갈대 사이로 스며드는
추억의 그림자 아련해
내가 걸어온 그리움의 발자국
하늘과 맞닿은 그 모습 쓸쓸하다
'강진생태공원' 갈대밭에서
가을 남자는 외롭다 못해
외롭지 않았다

낯익은 얼굴 낯선 자화상

밤의 고독

내가 잡아둔 채색된 공간 안에
밤마다 스쳐 지나가는 것들
집착에서 벗어나지 못하고 두렵다
저마다 강해서 혼란스럽다
내 안의 현상들
어떤 것이 더 약해질 수 있을까
강해서 무서운 밤, 외면하고 싶다
나 자신을 괴롭히는 것조차 시들자
고독은 갈 곳을 잃었다
스스로에 대한 불면의 감정을 감출 때
스스로에 대한 마음을 열어야 할 때
밤이면 밤마다 나타나는 무언의 소리
혼란스럽다
수없는 사물이 꿈속에 나타나도
나는 혼자다 언제나

통 큰 선물

26여 년간 사용하던 서울 G 오피스텔의 회사 사무실
을 집으로 옮기기로 예약한 날
아내는 기겁하며 집으로는 절대로 안 된다고 했다
안 되는 이유가 좀스럽다
집에서 회사를 운영하면 사람들이 어떻게 보겠느냐는
것이다
그건 그런 사람들 생각이고 열심히 하면 상관없으니
걱정하지 마시라 설득했다
의사가 소통되었다
이삿짐 싸던 날 종일 땀 흘리며 밥값 했다
이삿짐 오던 날 설렜다
책상과 의자도 새것으로 놓고 전화도 3회선으로 설치
하고
팩스도 놓고 보니 그럴듯하다
사무실 이전을 알렸다
한 달 운영하다 보니 경비 절감 좋다
임대료도 무료, 업무 담당 고문료도 무료
출퇴근도 없는

낯익은 얼굴 낯선 자화상

활동 범위가 최고이다

주문만 많으면 이만한 밥벌이도 없다

누구 한 사람 집 사무실이라고 속닥거리는 이도 없다

"경비 절감하고 얼마나 좋아요"

인터넷에서 회사를 검색하니 회사 주소가

집 주소로 나온다

통 큰 선물이다 사무실 이전 선물로

아내에게 대표이사를 넘겨줬다

시원섭섭하고 홀가분하다

대곶 포구에서

파닥이는 생을 본다
노을 든 풍장마다
주검을 기다리는 시간조차 시선 멈춘다
껌뻑이는 물결 위로
세발낙지가 허공을 감아올리고
병어는 질서 있게 누워 있다
소라의 뱃고동 소리 구성지고
꽃게들이 채반에 드러누워 꽃을 피운다
꽃이 지기 전 모든 것들은
호사스러운 몸보신이다
안경 너머로 주검들이 다가온다
칼날 앞에 당당한 주검들 생의 운명이다
선혈이 도마 위에 흔적 남기고
지느러미 한 점 아련하다
대곶 포구는 아무 일 없는 듯 주검에 대하여
말하지 않는다
억울하지 않게 주검을 사고파는
어시장의 눈망울

낯익은 얼굴 낯선 자화상

거룩한 생의 현장이다

검정 비닐봉지에 죽음을 담았다

갈매기들 곡소리 구슬퍼

석양 물결 흐드러지다

물빛 추억 하나 깜박이지 않더라도

기꺼이 찾아왔네만, 오늘따라 엄숙한 포구

초지대교 난간에 매달린 석양 한 점

거룩하다

티타늄 시계

내 것 아닌 것이 태반에 태반이고 나 모르는 것이 태반
에 태반인, 육십 평생 모르는 것 중 아는 것 하나 꼽으
라면 이것이다 싶다 오늘 아침, 문득 무언가가 스쳐 지
나갔다 내게 만만하고 편안해하는 것 찾아 한 수 읊조
리며 시계 상자 안을 톺아봤다 요놈, 요놈, 저놈, 저놈
그놈, 그놈 각양각색이다 일본에서 태어난 놈, 미국에
서 태어난 놈, 스위스에서 태어난 놈, 한국에서 태어난
놈, 발광하는 놈, 깜찍한 놈, 얌전한 놈, 때가 되면 공양
하는 놈, 나이 많은 놈, 젊은 놈, 아픈 놈 모두 함께 어
울린다 세월 먹어도 무게 잡지 않아 가벼워서 좋고 단
단해서 좋고 녹슬지 않아 좋다 사람들이 나의 손목 한
번쯤 힐끔 쳐다본다 어쩌면 얼굴이 곱고 예쁘니, 저 녀
석 이름이 뭐예요? "아, 요 녀석 말이에요? 티타늄 시
계입니다" "발광하는 것이 앙증맞지 않나요? 티타늄과
친하다 보면 티타늄 물고기도 노래하고 티타늄 시계
도 노래하게 됐나 봐요 이것에 대하여 모르는 것 빼고
는 조금 알고 있어요 내 소유하는 그놈들 아른거려 소
유하고 싶다고 소유할 수 없는 머나먼 앎이에요" 한 걸

낯익은 얼굴 낯선 자화상

음부터 이미 내 것이다 살금살금 또 톺아본다 한두 개
도 아닌데도 이것만 보면 눈동자가 초롱초롱 반짝인
다 아내의 모진 말 아랑곳하지 않고 또 저지르고 만다
"당신 이것들 한 번만 더 사들이면 이것 몽땅 내다 버
릴 줄 아세요!" 저지른 아이 얼굴처럼 붉어지는 나는
"알았어, 알았어요! 당신 마음대로 하시구려" 직구하
는 데 무슨 포물선이 필요해 새로움의 날, 퇴근해서 얼
른 자식새끼 보고 싶다 이것, 무지갯빛 영롱하다 공양
해야 밥값 하는 녀석들, 대견하다 소리 소문 없이 째깍
거려요 째깍째깍

느그 어무이

느그 어무이 뭐 하시노?
소풍 가셨나?
소풍 가신 느그 어무이 애들처럼 신났다
느그들 땜에 죽어서도 산다
느그들 어미 땜에 사냐?
머뭇머뭇 울컥대지 말고 말해 봐라
그 잘난 등골까지 다 빼주꾸마
느그들 자식새끼 땜에 산다는 것
다 안다마는….
국숫발 같은 장맛비가 추적거리는 날은
텁텁한 느그 어무이 손맛이 그리울 터
느그 어무이 뽀얀 머리카락 한 타래
나무젓가락에 울컥댄다

느그 어무이 살아 있었다면
연세가 몇이고?
상수(上壽)이지 싶습니더
어무이가 황수, 천수까지
저쪽 세상에서도 소풍 즐거우시며

낯익은 얼굴 낯선 자화상

2부

___

달의 섭동(攝動)

곰팡이

숨어 사는 법 어디에서 배워야 할까?
우리 집 곰팡이에게 배워야 한다
누구나 곰팡이를 무서워하지 않는다
나는 인상만 찌푸리고 관망만 했다
안일하게 당했다
곰팡이의 역사는 유구하다
이십여 년 전 배란다 확장공사 때부터
시작되었다
마룻바닥 밑으로 매장된 에어컨 배수구에
곰팡이가 숨어 살고 있었다
세월이 훌쩍 지난 지금 마룻바닥 가장자리에
검정 포자 꽃이 활짝 피었다
곰팡이 서식처가 되었다
퀴퀴한 냄새를 풍기며 관심을 끈다
몇 년 전 나는 장판으로 마룻바닥을 덮어 주어
곰팡이를 배양시켰다
대단한 노력이다
세월이 훌쩍 지나고 보니

내가 어리석었다

이제는 곰팡이가 무서웠다

코로나19 바이러스처럼

간질간질 근질근질

신경이 쓰인다

곰팡이 제거 방법을 고민 중이다

두 평 남짓한 마룻바닥을 철거한 후

곰팡이를 박멸할 참이다

따끔하게 무식이 탄로 난 3월 말이다

곰팡이에게 배웠다

숨어 사는 법

달의 섭동(攝動)

오늘 밤 어룡천이 흐려 있다
별들이 내려앉은 둔치 수풀 속에서
보름달이 차오르고 달 물결 안으로
거룻배 한 척 소리 없이 다가온다
달 안에 든 달빛 연기(緣起)
구름 속으로 유영하면
강물은 사랑을 속삭인다
탄생을 위하여 달빛 흘려보내는 것이다
달빛 구부려 달항아리 만들고
수레바퀴 구부려 인연을 만든다
차오르는 달 두드리면 소리가 난다
소리는 하나의 흔적을 남긴다
질서와 품격이 있는
달을 따다 쟁반 위에 올려놓았다
위대한 달가림*이다
달과 해가 가까워질수록 멀어져 가는
별들의 질투
비각**과 비각이 스쳐 지나갈 때

낯익은 얼굴 낯선 자화상

혼적 하나 지우는 달의 섭동

내 안에 아련해

* '월식'의 순우리말

** 대립하기에 양립할 수 없는 상태 삶과 죽음, 범과 낮처럼 상
극하는 것들을 말하는 것이다. 이러한 '모순'에 해당하는 우
리말.

법음각(法音閣) 목어

시공에 매달려 세속으로 유영하는
어떤 물고기 한 마리
하얗게 지새우는 맑은 소리
새벽을 깨우다
업장 소멸 찾아 관음 영지 들어서면
발걸음이 한결 가볍구나
법음각(法音閣)에 매달려 세상 굽어보는
어떤 물고기 한 마리
하늘을 날고 바다를 날아
누굴 기다리고 무얼 생각하고 있나
깨어 있으라, 혼미의 경책 다잡고
누군가의 염원이 간절할 때
지극정성 기도를 올린다
바람 타고 묵언 수행하는
어떤 물고기 한 마리
우주를 오가며 세상 굽어본다
어변성룡(魚變成龍)의 번뇌(煩惱)
오안(五眼)의 죄 다스려 뜨고

낯익은 얼굴 낯선 자화상

고해 떠돌다 온 죄 묻지 말고

오장육부 비운 죄 논하지 말고

비우고 비워 얼마나 성찰하고 참회해야

비로소 숨어 보일까

속이 텅 비어야 소리가 고울 터

소리소리 담아 우주 일깨우는

어떤 물고기 한 마리

낮꽃 피다

글품-쟁이 애쓴다
온통 봄날인데 으스스 춥다
낮꽃 피우기 위하여
우리말 풀이 사전 책갈피를 넘긴다
지문에 묻어나는 촉감 하나 살갑다
438페이지 찾아보기 〈ㄴ〉 항목 441p
위에서 아래로 열아홉 번째 줄
'낮꽃 피다'* 0610 처음부터 다시 지문이다
오른쪽 중지에 침 발라
우측에서 좌측으로 넘긴다
191p 여줄가리에 달린 올림말,
위에서 아래쪽 여섯 번째 줄
낮꽃 피어 있다
얼굴에 화색이 돈다
돌보지 않아도 피우는 들꽃
돌보아도 피우지 못하는 낮꽃
갈망한다
거울에 비친 얼굴

스스로 낯꽃* 한 번 피워 본 적 있었던가?

피우고 싶다 피우고 싶다

화들짝

* 얼굴에 밝은 빛이 돌다(우리말 풀이사전)

밥심이다

밥상 앞에 있다
밥알들이 저마다의 식감으로
쫀득쫀득 모여 있다
누구도 넘볼 수 없는 위대한 힘이다
밥심으로 산다는 말
밥심으로 버틴다는 말
힘이 난다
밥 잘 먹고 잘살고 있냐?
한 번도 빼놓지 않았던
당신의 안부가 그리워지는 아침이다
'진지 드셨습니까?'
'나중에 먹으련다'
'나중에 드신다고요?'
…눈물 난다
쌀밥 한 그릇 먹어 보는 소원조차
한마디 내보일 수 없는 당신의 부뚜막
웅어리진 빈 밥그릇 하나 덩그러니 얹혀 있다
세월이 흘러도 먹고사는 인생살이 예사롭지 않다

저마다 살아가는 생존 앞에

언제 밥 한번 먹자던 그 친구가

생각나는 저녁이다

기약 없던 그 약속이 밥상 앞에 덩그러니

밥심으로 일어서고 밥심으로 사라졌다

숟가락 하나, '밥심이 경제다'라는

작은 생각 하나 퍼뜩 떠올라

밥 한 톨 흘리지 못하는 위대한

밥심이다

바닥론

더 내려갈 수 없는 수직으로

바닥 친 고통으로 희망을 보고

견뎌 낼 만하다

바닥을 딛고 일어서야 별을 따는 거다

바닥에 드러누워 하늘에 박힌 별을 본다

작은 생각 하나가 금성처럼 반짝인다

연일 경제가 망가졌다는 텔레비전 뉴스가

누굴 탓한다

막장 같은 무거운 삶은 내 탓이다

소상인들 못 살겠노라 아우성친다

그래도 바닥은 절망하지 않는다

바닥에서 한 줄기 희망을 본다

바닥을 쳤다

반드시 일어선다는 믿음 하나로

내려앉은 바닥은

지금은 동안거 묵언 수행 중

기다림의 시간이다

그냥 딛고 일어서는 거다

바닥에서 희망 봤다

낯익은 얼굴 낯선 자화상

나이 한 살

떡국 한 그릇 우려낸 설날 아침

나이 한 살 물끄러미 바라본다

무던하고 고맙다

한 치 앞도 알 수 없는 인생, 인생아
인생 앞에 세월의 더께 생각해 본다

차곡차곡 쌓여만 가는
나이 한 살

고맙고 고맙다

민들레론

조선 시대보다 케케묵은
고조선 팔조법금이라도 좋다
내 사랑 그대라면 그냥 좋다
자연으로 돌아가는 길목에
민들레꽃 한 송이 피었다
망부석 되어 애절히 기다리며
먼 하늘 바라본다
보도블록 틈새에도
민들레꽃 한 송이 피었다
민들레 꽃씨 되어
누굴 기다리고 있나
별이 되고 영혼이 되어
꽃씨처럼 흩날리며
사위어 간다

낯익은 얼굴 낯선 자화상

탑석역에서

고요가 내려앉은 탑석역 인입선에
연꽃 한 송이 곱게 피었다
쉼표가 마침표 되고
마침표가 쉼표 되는 회차 선로에
풍경 소리 명징하다
때가 되면 오가는 인생 열차
탑석역 플랫폼에 쉼표 하나 찍어 놓고
돌아보지 않고 달려간다
너와 내가 맺은 인연
되돌아 달려온 인생 열차
탑석역 플랫폼에 느낌표 하나 찍어 놓고
종착역을 향해 달린다
탑석역 플랫폼에 오가는 인생 열차
점 하나 찍어 놓고
스쳐 지나가는 인연을 본다
부용산 부용천 바라보는
탑석역에서

티타늄 반지

배웅했던 첫사랑 아니더라도
사랑의 결혼반지 아니더라도
현직에서 은퇴하지 않고
숫눈처럼 순백한 티타늄 반지 하나
끼고 싶었다
어느 세월 너머에서 만났던가,
금속의 다이아몬드, 꿈의 금속 미래의 금속
영원히 바라보면 바라볼수록 애모는 눈빛
잃어버리고 싶지 않았다
고향에서 티타늄 반지 잃어버리고 온 날
고향 먼지까지 탈탈 털었다
손가락에 남은 사랑의 자국뿐
어디에도 보이지 않았다
미안하다
오늘 새로 맞춘 티타늄 반지 끼고
은빛처럼 가볍다
떼려야 뗄 수 없는 인연으로
내 안에 녹슬지 않은 각인된 이름 하나

낯익은 얼굴 낯선 자화상

배웅했던 첫사랑 아니더라도
사랑의 결혼반지 아니더라도
현직에서 은퇴하지 않고
숫눈처럼 순백한 티타늄 반지 하나
끼고 싶었다

마니산 오르며

첨성단 오르는 길, 탯줄 휘감아 온다
생명의 기원 바라보며 바윗길 걷고 걷는다
바닷물이 솟아나 하늘 열리고 땅 굳건하다
단군왕검 주름진 뿌리가 뻗친 몽환의 길
영험한 빛 발한다
채화된 성화처럼
유구한 생명이 함몰된 흔적
신성하다
등굽잇길 굽이굽이 메아리쳐
산그림자 안에 든다
산길 걷다 보면 사방팔방이 즐겁다
서로 숨어 보이는 기쁨 잠시나마 그립다가
흘러가는 저 구름 드높은데
원경으로 펼쳐지는 강화의 앞바다가
날 오라 손짓한다
산 냄새 드리우는 함허동천 계곡 길
호젓해서 좋다
어디에 가든 어디에 있든

낯익은 얼굴 낯선 자화상

우주의 기(氣) 가지런히 모아 본다

하늘가 첨성단의 산석,

인연이 깊고 아리다

재인폭포

한 여인의 배꼽은 위대하다
허락 없이는 아무도 넘볼 수 없는
동굴 속 검은빛 감도는 주상절리의 조화
신성하다 못해 신비하다
광대가 폭포 공중에서 춤을 춘다
앞걸음질, 뒷걸음질, 종종걸음 외 홍잡이,
옆 쌍홍잡이, 외무릎풍치기, 쌍홍잡이
흥이 무르익고 재담과 중타령이 절정에 이를 때 한마
당 아슬아슬하다
폭포수 아래 잔치판이다
요동친다, 등천하는 이무기처럼
외줄은 단칼에 베어지고
직립으로 떨어지는 슬픈 광대의 비운
빛의 산란이다
누구를 위한 판-줄이었나?
광대의 춤사위는 폭포수가 되어
동굴로 떨어졌다
동굴 속 한 여인의 절개가 아련히 숨어 보인다

낮익은 얼굴 낯선 자화상

단 한 사람을 위한 붉은 절개

재인폭포에 푸른 꽃 한 송이 피우며

광대는 세월을 사위고 있다

장모님

장모님의 아흔넷 총기는 예사롭지 않습니다

인생의 교과서처럼 꽃피우는 그 손길

어떻게 늙어 가야 행복한 인생인지

어떻게 익어 가야 아름다운 인생인지

아시고 베푸는 분

약속을 가벼이 여기지 않으신 분

예지력이 녹슬지 않으신 분

그 나이에도 건강 잘 챙기시는 분

하루하루가 즐겁다고 하십니다

하지만 장모님, 오늘은 자존심이 좀 상하셨나 봅니다

장모님 모시고 보리밥집을 찾았는데

당신 몰래 사위가 밥값 냈다고

못마땅해하는 당신의 얼굴에서 무언가 숨어 보입니다

'자식들 밥 한 끼 사 주는 것이 즐거움이라 하시던'

당신의 밥 한 그릇은 사랑이요, 가족입니다

고희를 코앞에 둔 사위가 지금도 장모님한테

빚지고 살고 있습니다

한평생 갚아 드리지 못할 사랑 빚이지요

그 빚 안고 살아도 행복하다는 나는

이 순간에도 염치없는 사람 맞습니다

상강

삼후(三候)라 만추 되니 하늘은 높디높고

빛의 산란 시리디시린데 만산 붉게 타

생의 마무리가 곱디곱다

어디로 가든 어디에 있든

초목 우수수 떨어져 시리디시리다

마을까지 내려온 가로수 점령군들

보도블록 위에 나뒹굴고

석양빛 어둑어둑 서산에 걸리면

점령군도 한고비 넘긴다

늦기 전에 콩 볶듯이 도리깨를 두드러라!

혀 빼물고 자란 곡식들 옹골차다

서리꽃이 피면 동안거에 드는 묵언 수행

고요히 아람 지다

월동 준비 서둘러 긴긴 겨울의 야생

슬금슬금 생을 굽히니 국화꽃 위에

나무 서리 고요히 내려앉아

오늘은

눈부신 아침 해가 떠오른다

산들바람에 흩날리는 꽃잎들

날갯짓하는 어린 나비처럼

오늘을 기다렸다 새로움의 시작처럼

햇살 따스한 창문 너머에

웃음소리 넘치는 얼굴들

어김없이 반겨 주는 환한 미소

나그네 따라 흐트러지는 작은 물방울이

스며들어서 흠뻑 젖은 땅에서도 싹을 틔운다

희망의 메아리 여기에 있다

새롭게 주어지는 이 순간

삶의 이야기를 만들어 가는 이것들 앞에

나는 아름답게 펼쳐지는 파란 행간 위에

오늘이란 시 한 줄 써 내려간다

창가에서 바라본 탁 트인 찰나를 꿈꾸며

짜릿하게 다가올 순간의 감동 기다리는 나는 언제나

절망처럼 나의 향기를 품게 하리라

새로움의 한순간을 위하여

3부

어떤 매듭에 대하여

장숫골*

정겨운 이름이다

이곳만 한 구곡동천(九曲洞天)이 또 어디 있으려고?

용추야, 얼마나 감탄했으면

용추폭포 이무기가 승천하다 용 못 되고 기절했겠어

영남 제일 동천이라

명승 제85호 심진동 장숫골이라

화림동도 좋고 원학동도 좋다마는

여기만 못하리라

전설과 역사가 꿈틀대는 심진동 장숫골

황소 한 마리 한입에 잡아먹던 꺽지의 깊은 입

꺽지소(沼)는 푸르디푸르다

무학 대사께서 언제쯤 다녀갔더랬지?

매바위에 물어본다

매 살았나? 매 살았다!

매산나? 매산나! 매산나~

구슬피 메아리쳐, 매산나소 형제들 우애

찢어버린 마귀할멈의 심술

삼 형제야 용감하였다

바위 결에 지우천 굽이굽이 굽이쳐

골골이 살아 숨 쉬는 장숫골의 봄날 아침

용추사 풍경 소리 청량한데

스쳐 지나가는 길손은 두 손 모아 합장하고

돌아서는데 폭포수 비단길에 무지갯빛 영롱하고 우렛
소리 웅장하다

"잘 있거라, 장숫골아 명년(明年)에 다시 찾아오마"

오늘 아침 풍경 일품일세

* 지명, 경상남도 함양군 안의면 상원리(심진동/용추계곡) 일
  대(명승 제85호)의 옛 이름

땅보탬*

저곳이 아무리 멀다 한들
그곳보다 멀까마는
만인의 평등, 만인의 공평
생각하지 않을 수 없다
저곳을 보아라
얼마나 아름다운 경지인가
존칭도 반말도 없는 그곳
무엇이 두려워 멈칫멈칫하는가?
한 번 왔다 한 번 가는 인생, 인생길
예외 없이 한 줌 흙으로
육신은 땅에 묻히고
영혼은 하늘로 올라가나니
이제는 이곳에서 저곳을 지나
그곳 당당하게 말하렴, 땅보탬에 대하여
눈물 한 방울 미소 한 송이
피었다 지는 머나먼 길 저곳 지나서
오소소 가세요

낯익은 얼굴 낯선 자화상

두려움 없는 그곳으로

오소소 환생하소서

* 사람이 죽은 뒤에 땅에 묻히는 것을 일컫는 순우리말

어떤 인연

한 남자의 그림자가 8층 병동에 검게 누워 있다
한 치 앞도 내다볼 수 없는 망설임으로
누군가의 그림자가 병원 벽을 따라온다
기별 없이 서둘러 온다
죽음이 지나가는 길목을 엿볼 수 있는
여전히 마취제와 링거 주사를 처방한다
복도를 오가는 급식 수레바퀴가
그들 발걸음을 멈추게 한다
살아 있어도 산목숨이 아니라고 생각하는 한 남자
6개월째 일상의 치병에 지쳤다
콧구멍에 장착한 고무호스로 발우공양하며
입 살아 있어도 입맛을 모르는, 코 맛만 텁텁하다
식도와 기도 사이 경계에서 머무르다가는 생의 몸부
림 그 남자의 일그러진 눈동자,
깨진 이빨, 으스러진 갈비뼈 부러진 다리, 떨어져 나간
살점까지 복원되어
플라스틱 튜브가 천운을 증명하듯
수액 방울방울 떨어지는 새로움의 삶 잉태하리라

낯익은 얼굴 낯선 자화상

한 남자의 육신 안에 타오르는 득달같은 생
다시금 사그라지다 타오르는 불티 한 점
반짝이다 삶의 문장에 생을 새기며
한 입 오도독 씹힐 것 같은

어떤 인연이다

용추사[*]

기백산 거망산 산행 머리가 못마땅해서
용추에 가부좌 틀어 중심 받쳐 들고
대찰(大刹) 같은 말사(末寺)로 가는 길 길고도 깊어
떼려야 뗄 수 없는 인연으로 장숫골 품 안에 안겼다
사방군대 쓸쓸한데 풍경소리 고요하고
용추 폭포수 우렛소리 웅장하니
세속 소리에 두 귀먹는다
일상의 아픔들이 응어리져 올 때
산문(山門)에 들어서면 고즈넉이 걸림이 없다
대웅전 명부전 중심 뜰 안에 석탑 하나 중심 잡고 서
있다
누구를 기리고 기다리는 탑인지 엄숙하다
염화미소가 일어서는 탑 밉다 곱다는 마음 없이 기
울고 기울어 기대어도 탁 트이어
중심 잡는 탑
원음각의 목어 한 마리 중생을 읽고 있다
자심이다

낯익은 얼굴 낯선 자화상

* 조계종 해인사 말사, 경상남도 함양군 안의면 용추계곡로
    623

머위나물

외출했다 돌아오는 길
누군가가 보내온 택배 한 상자
현관문 앞에 누군가를 기다리고 있었다
조심스레 택배 상자를 개은했다
신문지에 살포시 싸인 그 여린 것들
어쩌면 좋아요
혹독한 추위 견뎌 내고 봄소식 여미며
빠끔히 내민 봄의 색조
신비하다 못해 소담스럽기까지 하다
자줏빛 연둣빛 솜털 시각처럼
얼마나 용썼으면 여린 것이 꽁꽁 언 땅 뚫고 나와 상처
하나 없이 꿋꿋할까
봄나물의 대명사 이름하되
봄나물의 명약답게 톡톡히 이름값 하는구나
장숫골의 봄 냄새 어떤 그리움 한 타래
쌉싸름하게 스쳐 지나간다
불알친구 K가 추억처럼 떠오르는
장숫골*의 봄 향기 신문지에 곱게 싸 보내왔다

낯익은 얼굴 낯선 자화상

겨우내 잃어버렸던 입맛 사랑

코끝이 짠하다

머위나물 봄 향기 한 다발

* 지명, 경상남도 함양군 안의면 '심진동계곡' 옛 이름.

형님의 생각

말직으로 퇴직한 형님이 낙향하여
농사를 짓겠다고 할 때
빈말처럼 생각하지는 않았다
긴가민가했을 뿐이다
'반그치' 농사꾼이 걱정되어서였다
농자천하지대본야(農者天下之大本也)라 하지 않던가?
농사꾼은 아무나 될 수 없는 천직이다
시간의 흐름, 하늘과 땅의 지혜를 깨달은 자만이 진정
한 농사꾼이 될 수 있다
'하릴없으면 농사나 짓겠다'는 그 빈말들
나는 믿지 않는다
시작도 끝도 없는 농사일은 농사꾼의 고뇌이다
형님은 어머니를 빼닮았다
형님의 구릿빛 얼굴은 자갈길처럼 투박하다
'야야, 지붕골 다랑논에 참깨 들깨 심어라'
주인 잃은 '장삼불' 밭뙈기에는 잡초만 무성하고 세월
이 휑하다
덧없는 세월에 형님은 농사꾼이 다 되었지만

낯익은 얼굴 낯선 자화상

흙 속에 빼앗겨 버린 형님의 세월

텃밭 가장자리에 서 있는 엄나무 가시처럼 외롭다

농사일의 고집불통 형님은 어머니의 길을 가고 있다

여든둘 고갯길 넘어 청춘이 아니어서

미안하다

팔월산

이런 날에는 누구나 누구에게나
함부로 산에 가자, 말 못 한다
재수가 없고 재수 없으면 목숨 빼앗길 수 있다
목 좋은 길목에 저승사자 매복하고 있을지도 모른다
이런데도 무엇 하러 산 오르내리는지 모르겠다
멀쩡한 사람들 추락하고 벼락 맞고
심장마비로 세상 등지는 한목숨
이제는 드문 일 아닐 성싶다
남의 일처럼 당한다
묻지 마라 끔찍이 태연히도
그저 지켜보고 있을 뿐,
산이 그리워 땡볕 내리쬐는 수락산 도정봉에 올랐다
원초적인 본성의 심연 마주하며 무심히 몰랐다
태양이 강렬할수록 산바람은 시원하다는 걸
산에 올라서 본 사람만이 안다
한바탕 깨달음 우연치고
새바람처럼 설레고 긴장하며
다시 하산이다

낯익은 얼굴 낯선 자화상

내리막길 무던하게 무심하다

팔월산아

기왓장 경문(經文)

산문(山門)에 들 때마다 연꽃향이 가득한데

절 마당 모퉁이의 나비 한 마리

기왓장에 다소곳이 앉아

기왓장 문구가 간절하게 펼쳐진 염원 담아

깃털 저마다 비상을 꿈꾼다

망자의 헝클어진 인연이 또렷하다

떠도는 인연을 불러 모아

안부를 묻고 서로를 보듬는다

오늘만은 넉넉한 보살이 되어

목탁 소리, 소리 염불, 가지런히 모아

나를 보시하고 부처님을 알현하는 것이다

그리하여 무명 속에 깨우침을 성취하기도 한다

심원사 대웅전 앞마당에 다소곳이 피어 있는

기왓장 연꽃 한 송이 질긴 인연으로

자비를 피우고 있다

어디에 가든 어디에 있든

날고 싶었던 것들에 대한 업장(業障)을 생각하며

속이 비어 있는 목어(木魚) 한 마리의 스치는 바람을

낯익은 얼굴 낯선 자화상

본다
굳비늘 지느러미 날개깃처럼 훨훨 날아라
날다가 지치면 날개깃을 내려놓아라!
나의 푸른 그림자여,
내 안에 극락왕생 연밥[蓮實] 공양
한 줌 주거라

임사 체험에 대하여

죽음의 문턱까지 갔다가 다시 살아 돌아온
경험 한번 들려드릴게요
아무나 체험할 수 없고 누구나 들을 수 없는 얘기예요
죽기 1초 전 마지막 순간 스쳐 지나가는 것들
황홀하다 엄한 사망 선고
마지막 불꽃처럼 희열의 성찬 한 번도 듣지 못한 호수
같은 음악 동굴 속으로 빨려 들어가는 공포의 긴장감
찌릿찌릿 영혼이 몸에서 빠져나와 이별하는 순간의
언어는 상실되었다 영혼 없는 존재가치 의미가 없다
개념도 무의미하다
그래도 이승에 대한 미련 때문에 나의 감각은 예민했다
육감이 살아나고 또렷하다 혼자라서 미치도록 외롭다
는 그 만남은 저승사자의 그 모습이다
마지막 찰나 무지갯빛 영롱한 나의 인생사
파노라마처럼 스쳐 지나간다
그리고 죽음과 생환의 경계선 앞에서 기다린다
경계선을 넘은 순간 이승은 멀어지고 저승으로
한 발짝 들어서게 되는 죽음의 문턱에서

낯익은 얼굴 낯선 자화상

다시 살아 돌아온 경험 깨어나다 나의
임사 체험에 대하여

낯익은 얼굴 낯선 자화상

구멍을 비집고 태어난 나
철없이 봄여름 가을 지나 초겨울 초입에 도착하니 숨
이 차다
머리칼에 하얀 서리꽃 내려앉고
시린 잇몸 능선에선 치아 울음소리가 서럽고
동공은 널브러지게 흐려 있다
미간을 오가는 나룻배 돛대에 갈매기 날고
농익어 가는 지천명 세월인데
하루해가 동짓날보다 짧아 생이 아쉽다
지나온 세월에 물어보지만, 나잇살만 쌓여 간다
왁자지껄 혼자다
지난 세월에 얽매이지 말고 앞날에 기대하지 말고
지금 잘 살아야지 비워야지 내려놔야지
하지만, 나도 모른다

거울 속을 들여다본다
동궁 안에 내가 태어난 동굴이 보이고
동굴 앞에 우울도 보인다

우물 안에 달빛이 차오르고 태양이 붉다

꽃이 피고 지고 밤낮이 오가는 길목에

나목 같은 나잇살 차오르면 또 하나의 나를 본다

삶과 죽음에 관한 비밀과 밀담을 움켜쥐고

매일 거울 앞에서 나를 썼다 벗었다 반복하며

나를 자해하며 영혼을 보려고 애쓴다

어디론가 이탈하고 싶은 충동과 탐욕스러운 욕구에

갇힌 나는 운명에 포섭되었다

나는 운명의 수배자요 착각의 표류자이다

아무리 자작으로 찍어내도 복제된 가짜이다

엉큼한 사람 봤나?

그대 앞에 서성이는 그대는 누구냐?

거울에 비친 나는 청개구리 같은

표리부동한 욕망의 소유자

열등감에 저당 잡힌 나는 거울 안에 웅크리고 있다

웅크리고 아등바등 사는 나는

땅 한 뼘 펼쳐놓고 선을 긋는다

내 누울 자리 내 그림자 자리

하늘 덮고 해와 달을 맞이하면

별빛이 푸르리라

설령 빈자리가 없어도 좋다
배정받지 못한 나는 어둠이 없는 세상으로
소멸하는 것이다

나는 어둠 안에 있다
낯 두꺼운 가면이다
세월 따라 변심하는 조종자 이중인격자
거울 앞에 당당하고
어둠 안에 울부짖는 짐승이다
가면을 벗지 않아도 숨어 보이는
어떤 눈동자와 마주쳤다
그래도 낯설다 눈웃음 짓는 생명체
시시각각 나는 영악한 가면이다
보신을 위한 이기주의자
아무리 거울 앞에 서도 나는 자화상의 영물
나르시시즘의 속성처럼 아무렇지 않다는
거울 속 그 남자 낯설다 못해 속절없다
속도 없이 왼쪽으로 돌아 오른쪽 바라본다
시선 낯설지 않다
내가 모르는 평면의 간격 가깝고도 멀다
언제까지 낯선 남자일까?

낯익은 얼굴 낯선 자화상

궁금하다

한 예순여덟 살아 보니

초심을 잃어버린 모순덩어리 알 것 같다

꽃이 피고 지고, 지고 피는 인고의 세월

나를 썼다 벗었다 반복해도

그 남자 낯설다

거사의 생각

심원사 가는 길
합창하고 산문 앞에 섰다
산문(山門)에 들어서다 이런저런 할(喝),
민망하다 못해 설핏하다
금빛 멧돼지 핏자국 따라 찾아온
대웅전 절 마당에 기와 연꽃 한 송이
피어 있다
대웅전은 아늑하다
부처님을 알현하고 삼배하고
무엇을 빌어야 하나
불가해한 불성의 용융점을 빌어 볼까?
명주전으로 건너왔다
나투신 지장보살 대성(大聖)이다
속세의 죄업 앞에 엎드려 무언가를 채우고
내려놓기를 거듭하는 삼세와 시방에 두루 계시다
현상 세계의 법신 앞에 당당하다
바라보는 저 지장보살
오로지 내가 바라보는 저 지장보살,

낯익은 얼굴 낯선 자화상

부처도 못 말리는 육도능화(六道能化)이다
육도의 중생을 구원하는 지장보살 속살이다
거사들의 탐욕이다
지장보살, 지장전에 불성 캐는 거사들
지장불이다
지장보살, 지장보살, 지장보살 하니
대비보살의 성불은 없다
전생의 업도 소멸한다
지옥도 없이 내 안에 숨어 있는

어떤 매듭에 대하여

스치는 인연일지라도 수수께끼처럼 비밀스럽다

누군가가 단단히 엮인 매듭일지라도

쉽게 풀릴 수만 있다면 여한이 없다

유감스럽게도 그렇게는 풀리지 않으리라

매듭에도 품격이 있다

매듭의 품격은 우주의 질서이다

우주의 질서는 자연의 순리이다

자연의 순리는 봉인된 매듭이다

삶의 공간에 매듭이 없다면 생은 퇴색되고

삶은 미동하지 않았으리라

인연이 닿지 않으면 맺고 매듭지을 일은 없으리라

그렇게 되면 너와 나는 공허할 것이다

매듭에 상처가 나고 새싹이 돋아날 때

나는 가섭의 미소처럼 빙그레 웃을 것이다

부처님의 크나큰 공덕으로

회자정리(會者定離) 거자필반(去者必返)의 섭리

매듭 안에 있는 것처럼 어떤 매듭의 인연일지라도 아

리고 아린 아름다운 비각이다

너와 내가 마주친 인연이라 아직 은미하다마는

우주 삼라만상 안의 내가 맺은 인연들

하나둘 스쳐 지나간다

파꽃

파꽃이 피면 누군가가 그리울 터
부용산 산길 자드락밭에 파꽃 피었다
검은 머리 파뿌리 될 때까지
허리 굽혀 살아온 당신의 한뉘
바라보면 바라볼수록 비워놓은 속
말갛게 아름다운 꽃
올망졸망 내려앉은 낮별처럼
고향 집 터앝에도 파꽃 피었다
하늘 향한 높디높은 사랑
녹색의 바람 꿋꿋하여라
검은 머리 파뿌리 될 때까지
기나긴 세월 기다리고 기다려
오뉴월의 혼자 지는 꽃
눈물처럼 아련해

낯익은 얼굴 낯선 자화상

4부
___

초상에 대하여

쇳덩어리 장사꾼

쇳덩어리 장사꾼 함부로 보지 말라
쇳덩어리 장사꾼 함부로 말하지 말라
흔하디흔한 이름이다마는
쇳덩어리 팔아 여태까지 살아왔다
아들 공부시키고 마누라 먹여 살리고
내 밥줄 같은 귀한 존재
쇳덩어리 함부로 무시하지 말라
쇳덩어리는 거짓말을 하지 않는다
쇳덩어리는 문명을 세우고 선도하는
역사의 시대를 바꿔 왔다

쇳덩어리 함부로 보지 말라
쇳덩어리 함부로 말하지 말라
쇳덩어리 흉보지 말라
낯 두꺼울수록 단단함
인간들처럼 낯 두껍지 않다
지구의 보물이다
한 면만 보지 말고 양면을 보라

낯익은 얼굴 낯선 자화상

시집 한 권이 금속 활자로 찍혀 나올 때
시향의 역사를 쓰는 것처럼
쇳덩어리 장사꾼 쇳물 벼리다가
그리운 이름 하나 얻고 싶다
티타늄아, 인코넬아, 탄탈룸아,
너희 좋아 죽겠다

성질이 과묵한가요?
고집이 센가요?
한 성질 한 고집 어디 있고 없으랴마는
그래, 좋다
너는 거짓말쟁이보다 백배 낫다
함부로 변형시킬 수 없는 경지
경이롭다
너와 함께한 어언 삼십 년 세월
몹쓸 정 때문에 죽을 맛이다
너의 감춰진 속성까지는 알 수 없지만
이제는 네가 당신보다 더 좋아 죽겠다
이러다가 당신에게 쫓겨날까 봐 두렵다
쫓겨나면 갈 곳이 없다마는
너와 나의 동행의 길

하염없이 공들이다

너에게 소리가 난다

소리를 머금은 채

때리거나 치거나 긁거나 문지르거나 하면

소리가 각별하다

제대로 다루지 못하면 차갑고 날카롭게

돌아서는 너

흙에서 태어나고 흙에서 자라 강한 품격

범종에서 소리가 난다

명징하다

잇몸에서 금붙이가 속삭이다

생명의 미감 같은 앎의 소리

은은하게

형상기억합금

먼지 쌓인 장식장 정리하다가
주름진 인생 희망처럼 벅차올랐다
현대의 인자, 죽어 버린 별의 넋두리
미로나 달 표면에 세운 꿈
'니티놀'의 이름으로
우주 세우고 미래 밝히고
휘어지고 늘어진 기억만이
UHD 텔레비전을 시청한다
온풍에 핀 금속 꽃향기
그윽이 기억의 잔향
생을 변형시키고 있다
망각을 거부하는 기억의 변형
곡선의 행간이 되어 직선으로
T-1000 액체 금속로봇이 된다

건조대에 걸린 아내의 브래지어
봄볕에 팽팽하다

꿈에 대하여

어제는 초저녁부터 잠을 잤다
꿈속에서 아들을 만났다
푸른 물이 흐르는 강가 가장자리
승용차 운전석에 아들이 앉아 있었다
집으로 돌아가야 하는데 문이 열리지 않았다
나는 당황하면서 아내에게 돌 주워 와! 소리쳤다
아내가 허둥지둥 돌 구하러 간 사이
나는 조수석 창문 유리창을 깨트리기 시작했다
쾅쾅, 쾅쾅쾅 쾅!
유리창은 쉽사리 깨지지 않았다
깨트리고 깨트려 유리창이 깨지고
오른쪽 팔을 넣어 창문 잠금장치를 해제했다
벼락처럼 문을 열고 울부짖으며 아들 이름을 불렀다
아들, 눈 좀 떠봐! 죽으면 안 돼!
아들이 말한다
'저는 괜찮아요'
나는 식은땀을 흘리며 잠에서 벌떡 깨어났다
밤 11시쯤 됐다

낯익은 얼굴 낯선 자화상

꿈이었다, 꿈속에서 아들과 짧은 만남
방 안 가득 죽은 아들이 말했다
'저는 괜찮아요'
또렷하게 들었다
믿지도 않지만, 증명할 수도 없는
꿈같은 얘기다
오징어 게임에 열광하던 죽음 같은 생
휑하다
짧은 만남 긴 여운

시설당직원

근로계약서를 펼쳐 본다
정함이 없는 근로계약 체결
오늘 자로 수습 기간 3개월 지나
계약이 유효한 것은
근무 성적 태만은 아닌 듯하다
휴게시간이 모호하다
일요일, 공휴일은 아침부터 출근하는 것 또한
이해가 쉽지 않아 물음표 하나를 붙인다
근로기준법 최저임금제의 노동시간에
물음표를 하나 더 붙여본다
일주일에 여섯 번 외박하는 간 큰 남자 김 씨는 그래도
쫓겨나지 않는다
아직 호기심 많고 궁금증 많은 김 씨의 생각
6시간 근로 인정 시간 좋다마는
화재 오작동 발생
무인경비시스템 경보 발생 등
아까운 시간 보상받지 못한다
두루뭉술하다 인생사처럼

낯익은 얼굴 낯선 자화상

못 본 채 넘어가자, 근로계약서
코로나19야 지루하다
국민 체력 100 연습 중, 세월 먹는 것이
서러워지는 밤이다

일상 자체가 내 인생의 한 페이지이다
남들 퇴근할 때 출근하고
남들 잠들 때 일하는 실험 시 같은 낯선 인생
내 이름은 초등학교 '시설당직원'
내 인생의 세 번째 일터 고맙다
할 일 많고 하릴없이 스쳐 지나가는
하루해가 저물어 새로움의 풍경 펼쳐지고
한 땀 한 땀 오르내리는 발걸음만큼
조화롭다
건물 위로 상현달이 떠나간다
어둠 안으로 보안등 불빛 은은하다
어떤 환경에도 빨리 적응하는 사람으로
소개서에 적었지만
근로계약서에 보장하는 잠자리가 낯설다
집밥 못지않게 그리워지는 밤이다
투명 유리알의 입맞춤

선홍빛 추억 하나 이마에 남기고
미안하다
아내 얼굴이 스쳐 지나간다
'정신 똑바로 차리시고 근무하세요!'
근무한 지 스무날이 몇 년의 세월처럼 길다
오늘도 즐겁게 출근한다
내 이름은 초등학교 시설당직원

명리학 강의하는 아들이 그랬다
"아버지는 올해 어떤 곳에 취직해도
고달픈 생활이 될 겁니다"
퍼뜩 아들 말이 떠올랐다

숙직실 창문 너머 날 닮은 원숭이 녀석
도토리 먹고 있다
아침에 세 톨, 저녁에 네 톨
다 싫다 싫어
도망자 가로막는 장애물도 싫다
머뭇거리면 안 되는 스쳐 지나가는 인연들
그 인연들 낯설지 않게
수면 리듬 시도 때도 없이

낯익은 얼굴 낯선 자화상

귓전에 환청이다
경험하지 못한 나만의 체험 겸손하여지자
머뭇거릴 시간 없다
도망가야 할 시간이 점점 다가오고 있다
용기가 도망자가 되고 죄인이 되었다
그 시간들 얼마나 값진 체험이었던가
안녕, 안녕이다

병변에 대하여

병원에 간다 아프지 않으면 병원에 갈 일이 없다마는 아프지 않아도 병원 간다 거슬릴 만큼만 아픈 무릎 이 끌고 병원에 간다 엑스레이 찍고 초음파 찍고 누워 있 는데 의사 선생님 왈, 혼잣말로 중얼거리신다 "이게 뭘 까? 이게 뭘까, 자, 이쪽 영상 보이세요?" "관절, 연골 인대는 전혀 문제가 없고요" 관절 안쪽 근육에 붙은 정 체불명의 이물질 이것이 문제 될 것 같은데, 처음 접하 는 현상이라 뭐라 말씀드릴 수 없네요 조직검사 할 수 있는 종합병원에 가 보셔야 할 것 같아요 제가 할 수 있는 것은 여기까지입니다" 선생님, 겁주는 거 아니겠 지요? 허허, 의사 선생님? 거참, 수수께끼 같은 CD를 받아 들고 병원 문을 나왔다 사람들이 대형 병원을 찾 은 이유를 조금은 알 것 같다 그래도 엑스레이 속에 그 정체불명 궁금하다 그냥 있을 수가 없다 살점들 살아 있을까? 죽어있을까? 어둠이 온통 양 무릎 주변에 모 여든다 이것이 내가 알고 있는 검은 궁금증이다 궁금 증에 귀 기울여본다 어둠에서 소리가 들린다 들리지 않은 소리까지 확장된 내 심장이다 태연한 척 가라앉

낯익은 얼굴 낯선 자화상

아있다 나뭇가지에 매달린 은행 나뭇잎을 바라본다. 은행잎이 떨어지다 한 닢 한 닢 떨어진다 떨어져야 다시 돋아날 새로움의 탄생처럼 하염없이 바라본다 침묵으로 내려앉은 잿빛 하늘은 고독하다 아직 알지 못하는 궁금증, 아들이 내 얼굴을 읽었다 그때까지 아버지의 노심초사(勞心焦思) 어쩌나, "서방님, 사서 걱정하지 마시고 진득하게 기다려 보세요" 내가 무슨 걱정한다고 자, 저녁이나 먹자 태어날 때 이미 부모님께 물려받은 유산이라면 어쩌지 아니면 내 몸안에 사리가 들어있다면 어쩌지? 부처님 좋아하지 않으실 텐데 나무아미타불 관세음보살 그래도 기다려 보자 병원에서 메시지가 왔다 "내일 외래 진료입니다" 1시간 전까지 2층 정형외과 외래로 와 달라는 안내문이다. 대학병원도 똑같은 답변이네 엑스레이 다시 찍고 궁금증 기대했었는데 실망이다 이러다가 이 몸 생체 연구 대상이 되는 거 아냐? 종양 잘 보는 의사 선생님을 연결해 주신다고요? 또 두 주를 기다려야 한다 한 번 더 기다려 보자 엑스레이의 빛과 그림자가 흥미롭다 진료 보는 날, 병원 앞 화단에 진달래꽃이 피었다 혹독한 추위에 핀 매화 못지않다 진귀한 호명이다 네, 알 것 같다 네 몸에 붙어사는 녀석들, 함지방의 보물이다 오늘 속이 탄다 내일 또 병원에 오란다 오늘 수술하면 안 됩니까? 침묵이 흐르고 다음 주 목요일 09:10 수술 시간이니까 08:00까지 오실 수 있나요? 의사 선생은 환자의 왕이다 시인보다 더한 특권 의식이 강하다 병원 123층은 성한 사람들로 왁자지껄하다 아픈 사람 때려 주고 싶을 때 아프지 마! 병도 나이에 정비례하는 걸까? 대부분 나이 든 사람들이다 세월의 자화상을 본다 기다림에 지치면 안 된다 기다림은 불안이다 희망이다 오늘은 감염내과 진료이다 헉, 다시 시티 촬영하고 피 뽑고 기다린다 어릴 적 어쩌고저쩌고 다음 예약은 성형외과이다 다음 주 목요일에 5층 수술실로 바로 오시면 됩니다 시술입니까? 수술입니까? 수술입니다 간밤에, 텔레비전에서 참치 해체 작업을 봤다 새벽별 보고 나왔다 이른 시간인데도 지하철은 북적댄다 칼바람이 제법 아리다 부분마취에서 일어나는 압박감은 대단했다 종아리를 눌러댄다 백만 볼트 전기가 지나간다 찌릿찌릿 아프다! 사라 하나 떼어냈다 생검 결과는 무던하다 검사하지 않은 다른 한 군데 검사해 보면 어떠냐? 글쎄요? 꼭 검사해야 하나요? 별문제 없겠지만

낯익은 얼굴 낯선 자화상

길-냥이

인연이다

우연히 마주친 길-냥이 녀석 다람쥐처럼 날쌔다

나무를 쉽게 기어오른다

새 몇 마리가 숨죽이고 있다

녀석의 민첩한 행동을 주시하니

긴장감마저 든다

길-냥이 녀석은 무슨 인연이길래

내 앞에서 재주를 부리는 것일까

너와 내가 마주친 이심전심 아직 은미하다마는

우주 삼라만상의 이치처럼 내가 맺은 인연들

하나둘 스쳐 지나간다

오늘 그 시각 그 장소 가보았지만,

길-냥이 녀석은 보이지 않았다

인연은 수레바퀴 그림자처럼

숨바꼭질 보물인가 봐

면접시험

국가유산청 동부지구 관리소
광릉 촉탁직 근로자 채용 면접시험 날
10:30분 회사로 L 법무 법인에서 사람이 왔다
당사 본전 이전 임원 변동 등기서류 등
꼼꼼하게 확인하고 인감도장 꾹 눌러 찍었다
서류뭉치 가방에 챙겨 넣고 바삐 돌아갔다
30여 년간 무겁게 짊어지고 왔던
대표이사직 내려놓은 것이 세월만큼
길게만 느껴졌다 시원섭섭하여 홀가분하다
면접 가는 낯선 길
어쩌면 내가 가는 인연이라면 좋겠다
면접 대기실에 도착하니
낯선 신발들이 가지런히 모여 있다
대기실에는 벌써 A, B, C, D 낯선 얼굴이
의자에 깔끔하게 앉아 있다
눈인사 오가고 침묵은 흐르고
다섯 번째 마지막 호명이다
길게 느껴진 팽팽한 10여 분

　　　　　　　　낯익은 얼굴 낯선 자화상

무슨 말들이 오갔을까,
45년 만에 맛보는 면접시험
세월값도 못 하고 벅벅대고 어눌했다
이런, 긴장감 있는 시 한 편이었다면
얼마나 좋았을까
칼자루 쥔 자와 나 사이
눈빛과 말들이 오가고
면접시험 끝,
낯선 길 다시 걸어 나오는데
겨울바람 쌩하게 지나가는
나는 어디로 걸어가는 걸까?

초상에 대하여

아직 그려 내지 못했다 볼썽사나운

이공이공년 하늘연달 열닷새 목요일 새벽

공 네 시 십오 분

아들은 코골이 각혈하며 의식이 없었다

한 번도 경험하지 못한 절박함

아들을 지켜 주지 못한 그 동공

나는 죄인이다

119구 구조대가 도착했다 기구한 운명이다

한마디 없이 무엇이 그리도 급했던지

서른아홉 짧은 생이 아깝다

코로나19가 혈육의 정까지 막는구나

중환자실 병동 병실에 매달린 산소 호흡기

피멍 자국 떨구며 생의 몸부림처럼 식어 간다

잠에서 깨어나면 추울까 봐 옷가지 몇 점 챙겼다

가방 가득 챙긴 간절함 하루 이틀 지나고

사흘 나흘 닷새가 흘러 이렛날

실낱같은 희망 한 점조차 소멸하고

서른아홉의 청춘 고장 난 시계처럼 멈춰 섰다

낯익은 얼굴 낯선 자화상

코로나19의 방해로 아들 얼굴 한 번 보지 못하는 매정

함이 원망스럽다

휴대 전화기에서 흘러나오는 얼굴 없는 목소리

신의 한 수처럼 엄하다

삽관하시겠습니까? 예, 수액 동의하십니까? 예

운명아, 비껴라

연명 치료하시겠습니까? 아니요

희망이 0.001%도 없다는 절망 앞에

억울해서 분노했다

죄인 가슴에 대못 박아 놓고 내 유언장조차

효력 정지시킨 기구한 운명이여

원망하지 않으리라

가는 길에 아들 초상을 남긴다

이승에서 못다 한 꿈 그곳에서 훨훨 펼치라

이공이공년 하늘연달 열여드렛날, 다 내려놓고

기약 없는 이별이구나

십오 년 전 그날처럼 아들 방에서 아들 냄새가 난다

아들 냄새를 가지런히 모아 컴퓨터에 담았다

싸늘한 생명체 앞에 엎드린 손길처럼

한 죽음을 어루만지고 있다

편하게 보내 주고 싶다는

금방 돌아올 것만 같은 집착이여

우리 인연 여기까지인가 봐

아내는 아들에게 편지를 쓰고 있다

눈물로 쓴 편지 한 장은 고장 난

아들 뇌 속에 꽂혔다

생생하다 낙엽 덮고 깊은 잠에 빠진

아들은 아무것도 모르고

낯익은 얼굴 낯선 자화상

아픔의 유죄

절필 몇 개월 만에 잡아보는 펜
왠지 낯설다 매일 오가는 삶인데
왜 이렇게 의미를 부여하는 걸까
여기저기 펜 끝에 맺힌 아픔
어설프게 묻어나온다
우리 요거트 생마저
인연은 끝났다
얼마나 기막혔으면
아들처럼 가슴에다 묻었을까
스쳐 지나가는 잔상들
맨날 애잔하고 멍하다
불국산 자락 연화사 뜰 안에
내 누울 자리 한 뼘 위쪽 바라보면
무언가가 아파진다
'꽃무덤' 가에서 피어난 통증 두 송이
어루만지며 고개 떨군다
아픔의 유죄, 그날까지

착각 너머 동행

아름답다
너의 조막만 한 머리통이
나에게 시 한 편 쓰게 하나 보다
진기한 녀석아,
때론 조조 같고 때론 유비 같고
때론 유방 같은 행동으로
사람인 양 의기양양하다
다행이다, 그래도 사람이 아니라서
겁나는 것이 없나 보다
눈빛만 봐도 알 것 같다
한 줌도 안 되는 녀석
사람이었으면 어쩔 뻔했어
아찔하다
잠자는 모습만 보면 천사가 따로 없다
자식 같다는 생각 절로 든다
예뻐 죽겠다
하지만, 나이가 나이인 만큼 두렵다
녀석의 회자정리(會者定離)가 선하다

낯익은 얼굴 낯선 자화상

맨날 만남과 이별의 연속인데
무엇이 두렵고 아프냐?
죽음 앞에 예외 없이 숙연하다
한 번 왔다 가는 세상

난소의 울음소리

아내의 배꼽에서 울음소리가 난다
몇 년 동안 듣지 못했던 절박한 울음이다
늦은 달거리가 멈추고 울지 못한 무언가가 있었던가
보다
침입자가 오랜 세월 동안 동굴을 염탐하고
호시탐탐 아기집을 노렸는지 모른다
추측건대 어머니가 물려준 선물일 수도 있다
아니면 스트레스성 화풀이인지도 모른다
일 년 사이 침입자는 난소를 점령해 버렸단 말인가?
이럴 때 아내는 무슨 생각을 하고 있을까
궁금하다, 한 여자로서 한 어머니로서 후회하는 걸까
아니면 수술 잘되기만을 바라는 걸까
두려운 건가, 그 무엇이
아내에게 아픔이란 죄업이 있다
아들을 가슴에 묻고 산다는 것 잘 안다마는
부모 가슴에 못 박고 떠난 불효는 어떠한가?
용서되지 않는다는 것 또한 잘 안다마는
허구한 날 남몰래 눈물 훔치던 어머니

낯익은 얼굴 낯선 자화상

자식을 얼마나 그리워했을까

아내의 입원 날짜가 잡히자, 나는 긴장되었다

간호병동으로 향하는 아내를 배웅하고 나는

그녀의 배꼽에서 아픔 하나 끄집어낸다

그제야 아내의 산고는 멈추고 난소의 울음은 멈췄다

문자메시지 한 통이 생의 환희처럼 기뻤다

고희 앞에서

변을 보다가 수건걸이를 바라보았다

몇 년 전 매형의 고희연 기념 수건이다

두 글자가 눈에 꽂혔다

나에게 고희란 먼 세월인 줄만 알았다

고희의 고갯길이다

인생이 소담스럽다

두보 선생의 '인생칠십고래희(人生七十古來稀)'

곡조는 온통 갈색이다

이제는 변모하는 세상살이가 되었으니

놀랄 일은 아니다

이순 같은 인생길 인생 시작이다

낙엽 밟으며 곡강시(曲江詩) 한 수 읊조려 본다

暫時相賞莫相違(잠시상상막상위)

'잠시나마 서로 어긋남이 없이 서로 즐겁게 지내자고'

세월은 더 이상 거스를 수 없는 존재가 되었지만 예나

지금이나 무병장수의 복 기죽지 말고 꼰대 되지 말고

고희가 건강하다면 설령 짧고 굵은 생일지라도 세월

의 즐거움은 빛날 것이다

낯익은 얼굴 낯선 자화상

나는 언제나 순응해지고 싶다

고희 고갯길에 당도하면 갈색 시집 한 권
펼치고 싶다

'법화경 마음공부' 읽고

나를 위하여 법화경 마음공부 책장을 넘긴다
한 장 한 장 조심스럽다
'아무것도 소요하지 말고 아무것도 구별하지 말고
삼천 가지 변화가 생각 하나에 있으니
찰나에 모든 것이 이루어진다'
마음이 미혹하니 법화경에 굴리고[心迷法華轉]
인생은 고통이다 고통에서 벗어나는 것,
인생의 이치는 멀리 있는 것도 새로운 것도 아니다
그저 깨닫기만 하면 된다
바로 여기 언제나 있었음을 안다
우리는 모두 시시포스다
고통은 숙명이다
내 안 고통의 불이 거세게 타오르고 있다
사회는 냉혹하다
사람의 판단 기준은 오직 하나
성공과 실패이다
고통에서 벗어나려면 내려놓아라
잊어버리지 않게 내려놓아라

낯익은 얼굴 낯선 자화상

잠시 왔다가는 인생

내려놓지 못할 것이 뭐가 있느냐?

이 세상은 시작도 끝도 아닌 잠시 머무르다 가는

시공간일 뿐이다

원래 내 것이 아닌 것은 잃어도 상관없다

내게 가장 소중한 것은 잃어버릴 수가 없다

깨달음을 얻는 순간 보일 것이다

가장 순수하고 심오한 냄새까지 느껴지지 않겠는가?

혀가 맑고 깨끗하면 사방은 저절로 기쁨이 넘치게 된다

부처가 된다는 것은 자아 본연의 상태로 돌아가는 것
이다

태어남도 죽음도 없는 세상 내가 마음이 편안하다면

나도 부처다

모두가 깨달아야만 진정한 성불이다

부처는 늘 아주 가까이에 있다

부처를 아직 만나지 못한 것은

깨닫지 못해 보이지 않을 뿐이다

모든 것을 버릴 수 있다면 그 무엇이 두렵겠는가?

버리면 비로소 얻는 것들

내려놓으면 상처를 줄 수 없다

내려놓으라

내려놓으면 세상은 나의 일부가 된다
바로 지금, 이 순간 깨끗한 마음을 느낄 수 있다면
찰나 동안 부처가 보일 것이다
마음이 깨달으니, 법화경을 굴리누나[心悟轉法華]
나무아미타불 관세음보살, 나무아미타불 관세음보살,
나무아미타불 관세음보살

낯익은 얼굴 낯선 자화상

기형도 작품에 나타나는
그로테스크 리얼리즘의 미학

김형출

I. 머리말

기형도 시집을 펼칠 때마다 원망, 책망, 절망 그리고 죽음이 떠올라 마음이 착잡하다. 그의 유일한 유고 시집 『입 속의 검은 잎』은 시제에서부터 죽음이 다가오고 있다. 또한 『죽은 시인들의 사회』에 등장하는 불운의 시인들(김민부, 임홍재, 송유하, 김용직, 김만옥, 이경록, 박석수, 원희석)의 죽음이 떠오른다. 생은 죽음 앞에 자유롭지 못하고 염라대왕은 순번 없이 생을 데리고 간다. 어떤 종교에서는 죽음을 부활이라고도 하고, 영혼 불멸이라고도 한다. 또한, 죽음은 문학의 주제로서 모든 문학인의 연구 대상이기도 하다. 모든 생명 있는 것은 '빈손으로 왔다가 빈손으로 돌아가는 것이 죽음이다.'라고 규정하고 싶다.

부정하고 싶지만, 부정할 수 없는 것이 죽음이다. 젊은 천재 시인 한 사람이 또 세상을 떴다. 염라대왕도 무심하시지, 순서대로 데리고 가면 어디가 아프냐? 그도 시대에 따라 눈치 살피며 데려가는데 서열을 파괴하다니 너무하시다. 나는 언제나 죽음에 대한 상념에 여기서 멈칫한다. 기형도는 서른을 채 못 채우고 삶을 마감했다. 그는 시단에서 활동한, 시간상으로는 4년이 조금 넘고, 양적으로는 시집 한 권 분량의 삶 속에 독창적이면서도 강한 이미지를 남겼다. 그의 시가 죽음을 보여 주었다면 그 죽음, 시인의 삶과 죽음은 자율적인 어떤 가상적 구성물 속의 죽음이라는 텍스트를 염두에 두어야 한다. 90년대의 기형도가 아니라 2000년대의 기형도의 시 세계를 조명하기 위해서는 기형도의 전기적 그림자를 그의 시에서 베껴 내 그의 실제 죽음에 대한 관념에서 벗어나는 것이 선행되어야 한다. 시인이 죽음에 대한 가상스러운 텍스트에 죽음이란 의미를 부여하는 것이 기형도 시세계를 이해하는 데 중요한 사항이 될 것 같다.

시인 기형도는 1960년 경기도 연평에서 출생하여

연세대학교 정외과를 졸업하고 84년도에 중앙일보사에 입사해 정치부, 문화부, 편집부에서 근무했다. 85년 동아일보 신춘문예에 시「안개」가 당선되어 문단에 등단한 그는 이후 독창적이면서 개성 강한 시들을 발표했으며 1989년 3월 종로 2가 파고다 극장에서 숨진 채 발견되었다. 처음이자 마지막이 된 이 시집에서 기형도 시인은 일상에 내재하는 폭압과 공포 심리구조를 추억의 형식을 통해 독특하게 표현하고 있다. 그의 시집『입속의 검은 잎』이라는 제목부터가 죽음이 다가오고 있다는 암시가 심상치 않았고, 무엇보다 나의 시선을 끌던「詩作 메모」는 잊을 수 없는 충격으로 다가왔다. 하지만 시인에게 죽음이란 죽음이 아닌 영원의 화신일 수도 있다. 그는 생전에도 자신의 이력을 짧게 썼는데 그만큼 짧은 생을 보냈다. 죽음으로 인해 유명해진 시인, 불운의 시인이 기형도다. 요절이란 물리적 죽음과 의식의 죽음이 한 꼭짓점에서 만나 불꽃처럼 타오르다 소멸해 간 흔적이라는 것. 그 속에 시인 기형도는 아직 죽지 않았다.

기형도는 요절하기 전에도 유망한 시인으로 세인들의 관심을 끌었다. 그해 5월『입속의 검은 잎』이 출간되었다. 1990년 3월에 산문집『짧은 여행의 기록』이 출간되었으며 1994년 2월에 그의 미발표 시와 추모 시가 실린『사랑을 읽고 나는 쓰네』가 출간되었다. 그가 시단에서 활동한 기간은 불과 4년 남짓, 양적으로는 시집 한 권 분량에 불과한 삶 속에서 "독창적이면서 강한 개성"이란 말을 붙일 수 있는 근거는 무엇일까. 그 이유는 자신만이 가지는 독특한 시 세계가 병든 낭만주의의 무책임한 빈정거림일지도 모른다는 생각 때문이었다. 그의 온몸을 통과했을 시대의 다른 목소리들은 그처럼 자기 파괴적이지 않았다. 절망은 희망을 일으키는 큰 힘이었고, 슬픔도 힘이 되는 시기였기 때문이다. 시인은 어떤 뜻밖의 사건, 안팎의 어떤 말썽을 통해 인간 속으로 깨어남을 알려 주었다.

워즈워드는 "시란 고요 속에서 회상해 낸 감정이다."라고 말하고 있다. 결국, 기형도는 고요 속에서 죽음이란 풍경을 그려 냈다. 기형도가 생존했을 당시에 많은 비평가에게 내면적이고 비의적이며 무화적인 독특한 색채의 시인으로 평가는 받았었지만, 나는 여기서 기형도가 생전에 바라보았던 80년대의 시 대상에 관해 연구하고자 한다. 짧은 생애를 살다 간 한 천재적인 시인의 죽음에 관한 새로운 발견이 될 수 있을 것이며, 혹은 진부한 궤변에 지나지 않을 수도 있을 것이다. 그의 작품만으로 그의 시 세계를 평가한다는 것은 무모한 일이다. 기형도에 관한 평가는 그의 사후에 더 많이 행해졌다. 김현이나 유종호와 같은 문학평론가는 물론 그의 시에 매료된 많은 문학도와 독자 그리고 평론가들이 그의 작품들을 평가하고 해석하였다. 그러나 대부분이 그의 작품론에 국한되어 있다는 점은 안타까운 일이다. 진정한 평가는 작품론, 작가론 그리고 독자로의 관점에서 종합적인 평가가 요구된다. 기형도는 분명 시인이지만 그는 자신의 독특한 시각으로 소설과 수필은 물론 다른 작가들의 작품 평까지 내놓았다.

기형도의 기존 평론들[1]은 한결같이 그의 그로테스크한 세계관과 불길한, 그러면서도 긴장감이 있는 시어들에 관해 이야기한다. "그의 시는 이전에 사회변혁을 지향하면서 민중해방을 구가한 시들이 오히려 낭만주의적인 환상으로 비칠 만큼 현실을 철저히 부정적이고 고통적인 시각으로 들여다보는 특성이 있다."라고 김현[2] 씨는 밝히고 있다. 그의 삶은 짧게 끝났지만, 그의 시 세계는 지금도 대단한 반향을 불러일으키고 있

---

1) ① 김현의 '그로테스크 리얼리즘'(비극의 세계 인식), ② 김훈의 '비극적 삶에 대한 냉엄한 인식' ③ 장석주의 '내면화된 비판주의' ④ 성민엽의 '부정성의 언어' ⑤ 박철화의 '집 없는 자의 길 찾기'.
2) 전 서울대 교수, 평론가.

으며 그에 대한 연구와 탐구는 계속 진행되고 있다.

그 대표적인 평론가는 김현일 것이다. 그는 기형도의 시를 공격적인 허무감, 허무적 공격성과 부재한 현존, 현존하는 부재가 들어 있는 '그로테스크 리얼리즘'이라고 이름을 붙였다. 그리고 그의 시가 그로테스크(무덤같이 어둡고 음침한)한 것은 괴이한 이미지들 속에, 밖에, 뒤에, 밑에 타인들과 소통할 수 없어져 자신속에서 임종처럼 자라나는 죽음을 바라보는 자신과 공간에 갇힌 자의 비극적 모습이 마치 무덤 속의 시체처럼 뚜렷하게 드러난다고 말했다.

나는 본 논문에서 그의 죽음에 다가가는 허무주의 시 세계가 현실에 대해 왜 그렇게 공격적이고 비판적인 모습을 보였는가 하는 점과 부재한 이미지 확장의 몇 작품을 통해 그의 죽음의 텍스트에 초점을 맞추어 보고자 한다. 물론 그동안 많이 나온 기형도 시인과 관련 있는 많은 평론 자료와 시집 그리고 문학 서적을 참조하여 그의 시 세계를 이야기하고자 한다. 기형도 시세계는 시류에 따라 많은 평론가에 의해서 다양한 평가가 이루어지리라 본다.

낯익은 얼굴 낯선 자화상

II. 본론

1. 죽음에 다가가는 허무주의의 시 세계

기형도의 시는 크게 세 가지로 분류할 수 있다. 첫째 부조리한 세상에 대한 원망, 둘째 세상에 무관심한 사람들에 대한 책망, 셋째 무기력한 자신에 대한 절망이 그의 시편을 이루는 의미소라고 생각한다. 우선 부조리한 세상에 대한 그의 원망을 살펴보자. 문학평론가 이명원은 자신의 저서『연옥에서 고고학자처럼』기형도 편에서 부조리한 시대의 절망을 이렇게 서술하고 있다.

"기형도의 시 세계는 현실원리와 쾌락 원리의 경계가 소멸하여 있다. 그러나 그 소멸한 경계는 정종현의 시에서와 같이 자아가 사물로 틈입하여 몸 섞는 화해의 공간으로 나타나지 않는다. (중략) 그는 어디에도 속하지 못한다. 그것이 그를 고통스럽게 한다. 이때, 그는 절망한다." 이명원은 이러한 절망을 이해한다면 기형도의 병적 허무주의를 어렴풋이나마 느낄 수 있다고 했다.

또한, 문학평론가 류신은 기형도의 시 세계에 대

해서 "거창하게 시인 기형도의 존재론을 거론할 기회가 주어진다면, 나는 그를 '검은 존재론(schwarze Ontologie)'의 화신(化身)으로 부르고 싶다. 왜냐하면 그의 시 세계에는 세계에 대한 부정적인 인식에서부터 돌출된 고통과 파괴의 흉터들이 즐비하고 젊어서 세상을 등진 불우한 운명이 자아내는 죽음과 쇠락의 이미지들이 들끓고 있기 때문이다."라면서 세 가지 원천을 들고 있다.

그 하나는 시인의 가난한 자전적인 경험, 즉 유년과 청년기의 상실 체험에 연관되는 셈이며, 다른 하나는 그의 도시적 일상에 대한 부정적 인식과 실존의 부조리와 그로테스크를 우리 사회에 대한 날카로운 비판의 표지로 이해하는 셈이며, 또 다른 하나는 그의 갑작스러운 죽음과 연루되는 상징적인 진혼가의 잔영이다. 어쨌든 그의 돌연사 이후, 독자는 폭발적으로 늘어 이제 그의 시는 시작(詩作)을 꿈꾸는 문학도에게는 일종의 '통과제의'의 성소가 되었다.

기형도의 시는 이미 신화의 궤도에 진입한 것이다. 죽음을 통해 다시 신화로 환생하는 끈질긴 저력, 불사(不死)의 시! 실로 끔찍한 아름다움이다. 기형도의 시가 고통스러운 유년의 기억 반추라는 사적인 체험의

낯익은 얼굴 낯선 자화상

진술에서 벗어나 완결된 한 편의 시를 가능하게 했던 점은 유년 시절을, 자연물을 통해 은유적으로 형상화 하였다는 데 있다. 기형도 시의 중심적인 주제 의식은 '유년의 기억'에 있다. 자연을 통해 나타나는 유년의 기억은 단지 순수성 혹은 잊힌 낙원에 대한 향수에 그치는 것이 아니라, 시적 자아의 근원적인 내면세계를 보여 준다는 주제 의식을 담고 있다고 평했다.

1
아침 저녁으로 샛강에 자욱이 안개가 낀다.

2
몇 가지 사소한 사건도 있었다.
한밤중에 여직공 하나가 겁탈당했다.
기숙사와 가까운 곳이었으나 그녀의 입이 막히자
그것으로 끝이었다. 지난 겨울엔
방죽 위에서 醉客 하나가 얼어 죽었다.
바로 곁을 지난 삼륜차는 그것이
쓰레기 더미인 줄 알았다고 했다. 그러나 그것은
개인적인 불행일 뿐, 안개의 탓은 아니다.
(중략)

3

아침 저녁으로 샛강에 자욱이 안개가 낀다.

안개는 그 읍의 명물이다.

누구나 조금씩은 안개의 주식을 갖고 있다.

여공들의 얼굴은 희고 아름다우며

아이들은 무럭무럭 자라 모두들 공장으로 간다.

– 「안개」 등단작품 부분

  시인은 안개를 읍의 명물이라 말한다. 한 치 앞을
예측할 수 없는 국면을 우리는 안개 정국이라고 부른
다. 세상뿐만 아니라 자기 모습조차 안개에 싸여 보이
지 않는 막막함이란 절망의 극치가 아닐까. 부조리한
세상을 은폐하고, 어두운 현실을 직시할 수 없게 만드
는 부정적인 상징의 안개 속에서 순진한 여직공이 겁
탈당하고, 운이 나쁜 취객은 비명횡사하는 것이다. 그
안개는 아침저녁으로 하루도 빠짐없이 자욱하게 끼는
것이기에 삶 자체의 리듬과 밀접한 관련이 있다. 시인
은 안개의 탓이 아니라고 능글맞게 얘기하지만, 그것
은 반어적인 표현에 지나지 않는다. 상처 입은 사내들
이 폐수(폐수는 단지 환경오염의 측면만을 말하는 것

낯익은 얼굴 낯선 자화상

이 아니라 현대사회의 총체적인 부조리를 의미한다.)
의 고장을 떠나갔지만, 누구도 다시 돌아오지 못했다.
왜냐하면, 그들은 이 세상에 존재하지 않는 유령들이
기 때문이다.(대안이 없는 현실 도피는 죽음과 별반
다르지 않다.) 죽어서야 안개에서 벗어날 수 있고 죽
기 전까지 그들은 안개 속을 습관처럼 흘러 다녀야 한
다. 세상에 무관심한 사람들에 대한 책망은 같은 시
「안개」에서 찾아볼 수 있다.

안개에 익숙하지 않은 사람들은 처음 얼마 동안은
안개를 경계하지만(부조리한 세상에 대한 경계와 비
판적인 의식을 의미한다.) 곧 남들(방관자 또는 안개
의 끄나풀)처럼 안개 속을 이리저리 뚫고 다닌다. 습
관이란 참으로 편리한 것이다.(근묵자흑이라는 말이
있듯이 부조리한 세상 속에서 부조리한 개인화는 지
금도 진행 중이다.) 안개의 성역이 되어 버린 도시, 안
개는 절대 사라지지 않는다. 안개의 세계가 결코 행복
하고 화창한 기억의 꽃밭이 아님을 상기시킨다. 오히
려 그 세계는 "저 홀로 안개의 빈 구멍 속에/갇혀있게
느끼고 경악"하는 세계이다. 안개는 추악한 현실을 은
폐시킨 공간이다.

안개가 서서히 걷혀 가고 현실이 눈앞에 드러나게 될

때 긍정은 산산이 깨지고 삶은 너무나 추악한 것이다. 그래서 환상은 깨졌고 현실도 그를 억압한다. 기형도의 시에 나타나는 하나의 중요한 현상은 깨진 현실을 조립하거나 아에 조립을 포기하는 것이 아니라 그 두 공간에서 떨림을 모색한다는 데 있다. 안개는 도시의 '거대한 안개의 강'에서 발생한다. 안개의 강은 도시를 외부 세계와 구분 짓고 고립시킨다. '앞서간 일행들'을 '천천히 지워' 버리는 힘을 지닌 안개는 도시의 안으로 침투해 들어와 사람들의 일상을 위협한다. 보이지만 실체가 없는, 자신을 드러내는 만큼 다른 존재들을 지워 버리는 안개는 소멸이 아니라 실재의 실종을 확인하도록 만든다. 기형도의 시에서 안개는 구름, 눈, 진눈깨비, 비, 물, 연기 등의 어두운 유사 이미지의 계열을 거느린다.

기형도의 시 세계에서 보이는 현실 비판의식들은 대개 그의 직접적인 경험에서 기인하고 있다. 기형도의 시 세계는 도저한 허무주의의 세계다. 그러나 그의 시는 적극적인 의미에서는 허무로 읽혀야 한다. 이는 그가 자신의 시를 통하여 현실의 부조리에 절망하거나 주저앉는 것이 아니라 그 현실을 헤매며 끊임없이 모색을 해 왔다고 보기 때문이다. 문제가 되는 것은 이러한 그의 시 세계가 어떠한 의미를 지니며 현실과의 긴장 관계를 통하여 무엇을 드러내고 있는가, 하는 문제이다. 이명원은 그의 저서『연옥에서 고고학자처럼』기형도 편에서 이런 문제를 기술하였다. "나는 그의 시가 화해할 수 없는 현실 속에서 고통받는 한 자아가 환상으로의 진입을 통하여 불화를 극복하고자 하였으나, 그마저도 불가능함을 깨닫고는 좌절하는 모습을 극명히 드러낸 데 그의 시의 본질이 놓여 있다고 생각한다." 결국, 그는 부조리한 세계에서 부조리한 방법으로 부조리를 극복하고자 한 것이다.

　이러한 자기해방의 한 해결 방식이 죽음이었다고는 단언할 수 없다. 고통 속에서 살아남는 것은 죽기보다 어려운 일이기 때문이다. 죽음은 곳곳에 깔려 있고 자기 몸을 누이기만 한다면 그것으로 끝이기 때문이다. 시인에게 진정으로 필요한 일은 삶에서 죽음을 경험하는 것이지 죽음을 통하여 삶을 확장하는 것은 아니다. 죽음은 죽음으로써만 이해하는 것이 바람직하다. 기형도는 그의 유년 속에서 가장 가까웠던 누이의 죽음을 겪었다.

　　누이여
　　또다시 은비늘 더미를 일으켜 세우며

시간이 빠르게 이동하였다

어느 날의 잔잔한 어둠이

이파리 하나 피우지 못한 너의 생애를

소리없이 꺾어갔던 그 투명한

기억을 향하여 봄이 왔다

(중략)

봄은 살아 있지 않은 것은 묻지 않는다

떠다니는 내 기억의 얼음장마다

부르지 않아도 뜨거운 안개가 쌓일 뿐이다

잠글 수 없는 것이 어디 시간뿐이랴

아아, 하나의 작은 죽음이 얼마나 큰 죽음들을

거느리는가

나리 나리 개나리

네가 두드릴 곳 하나 없는 거리

봄은 또다시 잡혔던 꽃술을 펴고

찬물로 눈을 행구며 유령처럼 나는 꽃을 꺾는다

– 「나리 나리 개나리」 전문

구름으로 가득찬 더러운 창문 밑에

한 사내가 쓰러져 있다, 마룻바닥 위에

낯익은 얼굴 낯선 자화상

그의 손은 장난감처럼 뒤집혀져 있다

이런 기회가 오기를 기다려온 것처럼

비닐 백의 입구같이 입을 벌린 저 죽음

(후략)

- 「죽은 구름」 부분

나는 한동안 무책임한 자연의 비유를 경
계하느라 거리에서 시를 만들었다. 거리의
상상력은 고통이었고 나는 그 고통을 사랑
하였다. 그러나 가장 위대한 잠언이 자연
속에 있음을 지금도 나는 믿는다. 그러한
믿음이 언제가 나를 부를 것이다. 나는 따
라갈 준비가 되어 있다. 눈이 쏟아질 듯하다.

(1988.11)

- 「詩作메모」 전문

"아, 그는 어린애였다! 궁핍과 끔찍한 불행의 유년
시절에서 한 발짝도 벗어나지 못한 닫힌 세계를 살아
간 것이다. 그가 그토록 두려워한 바깥세상은 그에게

죽음의 형식으로 보였지만 나에겐 그의 세계가 죽음의 형식으로 보인다."[3] 가족으로서 사랑과 조화를 느끼게 해주었던 누이의 죽음의 시 「나리 나리 개나리」에서처럼 '작은 죽음이 큰 죽음을 거느릴' 만큼 그에게는 충격적이고 고통스러운 사건이었다. 단순하고 위대한 이미지라면 어떤 것이나 하나의 영혼 상태를 드러내게 마련이다. 유년의 계절 체험과 함께 가족 공동체의 조화로움에서 분열의 확장을 꾀한 시 「병」에서 나타나는 가을의 이미지는 '도시적 삶의 해체' 내적 자아를 상실하고 방황하는 자아의 상처와 절망을 보여준다.[4] 시인에게 죽음이란 물리적 의미를 넘어 풍경 넘어 풍경 속으로 드리우는 의식의 문제이다. 초월이라는 시의 특성상 시인이 끝없이 죽음의 풍경을 몽상하게 한다.

"나는 따라갈 준비가 되어 있다. 눈이 쏟아질 듯하다." 무엇을 따라간다는 말인가? 이데올로기? 희망? 절망? 황금시대에 대한 추억? 그것도 아니면 죽음? 나는 그 말의 의미를(마치 파피루스 신성문자를 해독하듯

---

3) 성석제, 「기형도, 삶의 공간과 추억에 대한 경멸」, 『사랑을 잃고 나는 쓰네』, 솔, 1994, P.252.
4) 박철화, 「집 없는 자의 길 찾기, 혹은 죽음」, 『문학과지성』 가을호, 문학과지성사, 1989, P.105.

이 반추해 보았었지만, 궁극적 의미의 실마리를 도무지 잡을 수가 없었다.) 지금도 알지 못한다. 시집의 겉표지에 실린 시작 메모 중에 이런 구절들이 있다.

"눈은 하늘 높은 곳에서 지상으로 곤두박질쳤다. 그러나 지상은 눈을 받아주지 않았다. 대지 위에 닿을 듯하던 눈발은 바람의 세찬 거부에 떠밀려 다시 공중으로 날아갔다. 하늘과 지상 어느 곳에서도 눈은 받아들여지지 않았다. 그러나 나는 그처럼 쓸쓸한 밤눈들이 언젠가는 지상에 내려앉을 것임을 안다. 바람이 그치고 쩡쩡 얼었던 사나운 밤이 물러가면 눈은 또 다른 세상 위에 눈물이 되어 스밀 것임을 나는 믿는다. 그때까지 어떠한 죽음도 눈 속에는 접근하지 못할 것이다."

그는 오랫동안 글을 쓰지 못했던 때가 있었는데 그 이유는 이 땅에 날씨가 나빴고 그 날씨를 견디지 못했다며 자신이 하고 싶었던 말들은 형식을 찾지 못한 채 대부분 공중에 흩어져 글을 쓰지 못하는 무력감을 그때 알았다고 기술하고 있다. 평론가 김현은 이미 그때 (기형도 시인이 중앙일보 재직 시) 중앙일보 문학 월평을 통해 그의 시에 '그로테스크 리얼리즘'이라는 이름을 붙여 주었다. 그래서 기형도를 그로테스크한 현실주의 시인이라고 부른다. 그는 어둠 속에 가려진 어둠을 알고 있는(적어도 그 시절의 나에게는) 유일한 시인이었다. 전자가 부조리하고 희망 없는 세상이라면 후자는 그 안에서 고통받는 삶의 단면이다. 의도적인지 무의식의 발로인지는 모르겠지만 그의 시편 대부분에는 어둠(어두운, 어두워지면 등의 품사 변화와 가장 햇빛이 안 드는 곳, 시간은 0시, 눈을 감고 지나갔다 등의 이미저리도 포함)이라는 단어가 등장한다. 15촉 알전구의 시학이라는 말로 그의 시를 상징할 수 있을까. 아니다. 어찌 가시적인 빛의 촉수만으로 보이지 않는 그의 어둠을 짐작할 수 있겠느냐.

2. 부재한 공간의 이미지 확장

세상을 변화시킬 수 없는 시인, 현실주의 세계관을 모색한 허무주의 시인, 연시를 거부한 시인, 그의 무기력한 자신에 대한 절망은 여러 시편에서 찾아볼 수 있다. 독자들에게 널리 알려진 「빈집」을 살펴보자.

사랑을 잃고 나는 쓰네
잘 있거라, 짧았던 밤들아
창밖을 떠돌던 겨울 안개들아

아무것도 모르던 촛불들아, 잘 있거라

공포를 기다리던 흰 종이들아

망설임을 대신하던 눈물들아

잘 있거라, 더 이상 내 것이 아닌 열망들아

장님처럼 나 이제 더듬거리며 문을 잠그네

가엾은 내 사랑 빈집에 갇혔네

－「빈집」전문

　"가엾은 내 사랑 빈집에 갇혔네"라든가(혹자는 빈집
을 연시로 오해하는데 빈집은 결코 연시가 아니다.)
"두려움이 나의 속성이며 미래가 나의 과거이므로…"
"나의 영혼은 검은 페이지가 대부분이다…." "나는 기
적을 믿지 않는다"(「오래된 서적」), "진눈깨비 쏟아진
다", "갑자기 눈물이 흐른다", "나는 불행하다는 이런
것은 아니었다", "나는 일생 몫의 경험을 다 했다. 진눈
깨비"(「진눈깨비」), "내 희망을 감시해 온 불안의 짐짝
들에 나는 쓴다. 이 누추한 육체 속에 얼마든지 머물
다 가시라고 모든 길이 흘러온다, 나는 이미 늙은 것이
다"(「정거장에서의 충고」) 등에서 발견할 수 있는 무기
력한 존재의 절망은 부조리한 세상을 구원하지 못하

는 자책과 자기부정을 통해 더욱 심화한다. 나는 그것을 변증법적 자기분열이라고 부른다. 희망과 절망은 상반되는 것이 아니라 상호보완적인 체계 속에서 변증법적인 분열과 통합을 반복하기 때문이다. 극과 극으로 치닫는 희망과 절망이란 이 세상에 존재하지 않는다.

'빈집'이란 공간은 세계를 인식하기 위한 최소한 인식의 단위라고 본다면 시인은 시간과 공간을 넘나들면서 시적 화자를 세계에 가두어 놓고 있다. 기형도 시인의 시집 해설을 쓴 김현은 「빈집」 해설에서 빈집에 가두어 있는 이상한 가연성에 의해, 사랑을 빈방에 가두는 행위로 바뀐다고 서술하고 있다. "사랑을 잃고 나는 쓰네"(P.81)라고 말한 그는 "망설임을 대신하는 눈물들아 잘 있거라, 더 이상 내 것이 아닌 열망들아"라고 그녀를 향한 열망의 소유권 주장을 포기한 뒤 더듬거리며 문을 잠근다. 그 방 안에 갇힌 것은 그러나 놀랍게도 그가 아니라 "가엾은 내 사랑"이다.

앞글에 대하여 김현 씨는 그 사랑은 이제 그의 눈물을 자아내는 사랑이 아니라 그리움으로 되돌아보는 사랑이라 기술하고 있다. 또한, 그가 「영원히 닫힌 빈방의 체험」이라는 해설에서 지적했던 것처럼 기형도

시의 아름다움은 가난이나 이별 등의 상처에서 독특한 '미학적 의미'를 추출하는 데 있다. 이 점, 서정시가 가장 쉽게 빠지기 쉬운 함정, 개인의 상처가 보편화하지 못하고 넋두리에 그칠 우려, 보편화하지 못한 상처의 낯 뜨거움에 대한 경계를 말한 것이리라. 기형도 시집 전편에 흐르는 주된 정조는 '가난'이나 '이별' 등의 '상처'이다. 이 시는 이별의 상처에 객관적 거리를 두면서, 그 이별의 체험에서 기형도다운, 차마(!) 아름다운 미학을 추출한다.

그 추억을 경멸하는 힘으로 기형도는 '사랑을 잃고 무언가를 열정적으로' 쓴다. 그것은 음울한 색채이지만, 그 음울함은 전적으로 독자가 느끼는 음울함이다. 정작 기형도는 그러한 상처도, 그러한 상처를 안고 살아가는 인간의 삶도 '저 홀로 없어진 구름'과 같은 '우연적인 것', '진눈깨비'와 같은 '순간적인 것', '이제는 너무 멀리 떠내려온 이 길'과 같이 '표류하는 것', 그리고 '쓸데없는 것'이라는 전언을 해 온다. 그 '빈집'은 '영원히 닫혀' 있는 것이어서 그가 들어가지 않는 한, 그 어떠한 것이 살아도 '빈집'인 것이다. 그가 곧 죽음을 예감하는 초로(早老)의 영혼에 대한 그러한 상처는 단지 치통처럼 욱신거리는, 무좀처럼 가려운 '아픔'일 뿐이다. 시인은 그러한 아픔을 치료할 의사가 전혀 없다. 그러한 아픔 위에서 '사랑을 잃고 쓰듯이' 음울하게 그러나 열정적으로 '쓸' 뿐이다. 그에게는 도통 상처를 치유할 의사가 없다. 힘이 없다.

열무 삼십 단을 이고
시장에 간 우리 엄마
안 오시네, 해는 시든 지 오래
나는 찬밥처럼 방에 담겨
아무리 천천히 숙제를 해도
엄마 안오시네, 배추잎 같은 발소리 타박타박
안들리네, 어둡고 무서워
금간 창 틈으로 고요히 빗소리
빈방에 혼자 엎드려 훌쩍거리던
아주 먼 옛날
지금도 내 눈시울을 뜨겁게 하는
그 시절, 내 유년의 윗목

- 「엄마 걱정」 전문

이 시는 시적 화자의 순수한 슬픈 동심이 묻어나오

낯익은 얼굴 낯선 자화상

는 동화 같은 이야기를 담고 있다. 열무 삼십 단을 이고 시장에 간 어머니는 해가 진 지 오래되어도 돌아오시지 않고 홀로 남은 나는 어머니의 배춧잎 같은 발소리에 귀 기울이며 빈방에서 훌쩍거린다. 혼자 훌쩍거리는 어린 나는 무섭지만, 또 다른 나의 자아는 성장한 모습이지만, 내 눈시울을 뜨겁게 하는 그 시절은 '나의 삶'의 차가운 윗목이 된다. 어린이에게 빈집은 공포의 대상이다. 어린이가 그리는 불행한 혼자이다. 행복한 집은 빈집이 아닌 연기가 지붕 위로 부드럽게 너울거리며 하늘로 올라가는 집일 것이다. 이 시에서 「빈집」이라는 닫힌 공간과 유년 시절의 경험은 기형도 시의 중요한 모티브가 된다.

그의 유년 시절은 그의 시 「위험한 家系」나 앞의 시에서 드러나듯이 결코 언제나 돌아가고 싶은 순수의 세계도 인간적 삶도 아니었다. 그의 유년 시절은 가난과 아버지의 쓰러짐, 누이의 죽음으로 귀속된다. 그러하기에 기형도의 시는 비관적이었고, 그로테스크할 수밖에 없는 것이다. 그의 초기 시들이 자신의 그러한 비극적 유년 시절을 다루고 있었다면, 후기의 시들은 현실과 자아 사이의 괴리에 대해 다루고 있다. 그의 여러 작품 「대학 시절」, 「조치원」, 「안개」 등에서 보여 주었듯 그는 소외되고 현실에서 변두리로 밀려나 방황하는 사람들에 대해 이야기했다. 또한, 자아의 비애를 다루기도 했다.

밤 세시, 길 밖으로 모두 흘러간다 나는 금지 된다
장마비 빈 빌딩에 퍼붓는다
물 위를 읽을 수 없는 문장들이 지나가고
나는 더 이상 인기척을 내지 않는다
유리창, 푸른 옥수수잎 흘러내린다
(중략)
아버지, 비에 묻는다 내 단단한 각오들은 어디로 갔을까?
빈들거리는 검은 유리창, 와이셔츠 흰 빛은 터진다
미친 듯이 소리친다, 빌딩 속은 악몽조차 젖지 못한다
물들은 집을 버렸다! 내 눈 속에 물들이 살지 않는다

– 「물 속의 사막」 전문

「물 속의 사막」에서 시적 자아는 모두 잠든 깊은 밤에 유리창에 투영된 "읽을 수 없는 문장"을 보면서 곤혹스러워한다. 정체불명의 문장들은 자신의 의지와는 아무런 관계도 없이 일방적으로 괴롭힌다. 유리라는 단절의 매개에 의해 내부에 유폐된 나는 이질적인 의미 구조의 지평 위에 떠오르는 그 문장들을 읽을 수 없는, 물이 없는 공간이다. 물은 곧 생명을 의미한다. 생명이 없는 공간에 '나는 금지된다'. 우주에 존재하는 풍경은 유리창이라는 상징적 경계이며 그 경계를 자유롭게 드나들지 못하는 가두어진 자아는 공간에 가두어 놓고 있다. 존재, 세계, 실재의 전환, 수정, 회복으로 금지된 나는 물들이 살지 않은 단절[5]에서 탈피하기 위한 자아의 적극적인 모색이다. "기형도의 시에서 나타나는 한 중요한 양상은 다른 시인들처럼 그 깨진 현실을 조립하려 하거나, 아예 조립을 포기하고 다른 세계를 만들어 가기에 안주하는 것이 아니라, 그 두 공간의 경계에서 떨림을 경험하는 데 있다."[6]

5) 김수이, 「타자와 만나는 두 가지 방식-기형도, 남진우외 시에 관하여」, 『계간 문학동네』, 1997.
6) 이명원, 『연옥에서 고고학자처럼』, 도서출판 서울: 새움, 2005, P.41.

3. 비논리적인 텍스트

이튿날이 되어도 아버지는 돌아오지 않았다.

아버지는 간유리 같은 밤을 지녔다.

(중략)

하루 종일 나는 문지방 위에 앉아서 지붕 위에서 가파른 예각으로

울고 있는 유지 소리를 구깃구깃 삼켜넣었다. 어머니가 말했다.

너는 아버지가 끊어뜨린 한 가닥 실정맥이야.

(중략)

아으, 칼국수처럼 풀어지는 어둠! 암흑 속에서

하얗게 드러나는 집, 이 불끈거리는 예감은 무엇일까,

나는 헝겊 같은 배를 접으며 이 악물고 언덕에 썼다.

(중략)

이제야 나는 어디에서 네가 불어오는지 알 것 같으다.

다음날이 되어도 아버지는 돌아오지 않았다.

그리고 그날 이후 나는 폭풍의 밤마다 오르는 일을 그만 두었다.

무수한 변증의 비명을 지르는 풀잎을 사납게 베어 넘어뜨리며

낯익은 얼굴 낯선 자화상

이제는 내가 떠날 차례였다.

– 「폭풍의 언덕」 전문

이 시의 특색은 가난했던 삶과 가족 이야기가 담겨 있는 서술 시라고 분류하고 싶다. 시 자체에는 이야기가 없겠지만 시 배경에는 이야기가 있다. 그야말로 폭풍이 몰아치는 언덕을 넘나드는 위험하고 무서운 공간에 가족들이 기거한다. 돌아오지 않은 아버지가 부재한 가족의 삶은 궁핍과 가난에 찌들어 언제 무너질지 모르는 암흑 속에서 하얗게 드러나는 골동품이다. 무능한 아버지를 증오하고 미워하는 불만 속에서 누이의 무게, 어머니의 무게를 알게 되었다. 이 시의 특징은 산문적인 시이며 아버지를 배경으로 깔고 있지만 적절한 비유를 끌어들여 상징적인 이미지화, 형상화를 시도하여 시의 멋과 맛이 달콤하다. "구부러진 핀처럼 웃으며 누이는 긴 팽이 모자를 쓰고 언덕을 넘어갔다", "유지 소리를 구깃구깃 삼켜 넣었다", "나는 형겊 같은 배를 접으며 이 악물고 언덕에 섰다". 굶주림과 가난, 그리고 불안, 공포가 눈앞에 생생하다. 가족사를 통해서 시적 화자 자신이 성장하는 과정을 서술

적으로 잘 묘사해 주고 있지만 상당히 많은 부분에서
적절한 비유를 사용하여 애매성을 증폭시켰다. 또한,
이 시는 함축적인 이미지를 통해서 시적 긴장감을 증
폭시켜 아름다운 시로 만들었으며 삶에 대한 정의를
밖으로부터 안으로 승화시켰다. 모든 시라는 특징이
그러하듯이 기형도 작품도 비논리적인 텍스트가 애매
모호하고 다양한 의미를 강하게 작용시키고 있다.

III. 맺음말

한국 문학사를 살펴보면 시대에 따라 시류를 이룬
것도 사실이다. 앞으로 시류가 어떻게 움직일지에 대
해서도 현재는 명확한 답이 없다. 기형도가 활동한
1980년대는 우리나라의 독재와 민주주의의 억압이 폭
력성을 더해 가는 시대였고, 자본주의의 가속화로 사
회 전반에 걸쳐 갈등이 표출된 시기였다. 빈민 계층의
소외를 대변하는 민중 시가 주목받았었는데 기형도는
그 범주에서 머무르지 않고 자기만의 시 세계를 펼쳐
나갔다. 70, 80년대 민중시는 한계가 있었다. 기형도는
그의 시 세계에서 사회의 각종 부조리를 사랑과 희망

낯익은 얼굴 낯선 자화상

의 상실, 죽음의 예감, 떠돎 등으로 노래하며 자신의 독특한 시세계를 펼쳤다. 그의 작품은 주로 유년기에 경험했던 일들에 대한 우울한 기억이나 회상, 그리고 현대의 도시인들이 살아가는 생활을 독창적이면서도 강한 개성이 묻어나오는 시어와 문체로 그려 내고 있다.

그의 시에는 죽음과 절망, 불안과 허무 그리고 불행의 이미지가 환상적이고 일면 초현실적이며 공격적인 시인 특유의 개성적 문체와 결합하여 "그로테스크 리얼리즘"이라 평가받는 독특한 느낌의 시를 이루어 내고 있다. 동일 이미지의 반복이 중첩에 의해 더욱 강화된다든지 돌연한 이미지와 갑작스러운 이질적 문장의 삽입, 도치, 콤마에 의한 분리, 감정의 고조 등 시어 구성과 문체가 일관되게 지속된 그의 암울한 세계관이라는 부정적 이미지를 형상화하는 데 효과적으로 사용되고 있으며 유년 시절 불우한 가족사와 경제적 궁핍, 그리고 죽음에 대한 체험과 이에 대한 강렬한 심미적 각인이 시 전체에 가득한 삶에 대한 부정적 영상을 이끈 원인이자 그의 시적 모티브를 유발하고 있는 동인이며 시인이 세상을 바라보는 창을 닫고 비관적 세계로 침잠케 한 주된 이유로 이해되고 있다.

그의 시 세계는 현실에 대한 역사, 즉 역사적 전망

이 없으므로 그의 시는 퇴폐적이라 말할 수 있다는 비판이 있으나 초현실적 이미지를 추구하면서도 일상의 현실을 비판한 독특한 시 세계는 주목할 만하다 하겠다. 하지만, 시류에 따라 그의 시 세계를 연구하는 많은 평자는 어떤 모색을 세상에 내놓을지 흥미롭다. 이제 그는 이 세상에 존재하지 않는다. 그러나 그의 시는 그의 존재를 대변하고 있다. 그의 작품세계를 한마디로 "무덤 속에서 피어난 수수께끼 미학"이라 단정 짓고 싶다. 그렇게 죽음에 다가간 그는 지금도 시를 쓰고 있을까. 검은 존재론의 화신, 그의 시에 대한 올바른 평가가 내려지기를 기원해 본다.

낯익은 얼굴 낯선 자화상

참고 문헌

기형도,『입 속의 검은 입』, 서울: 문학과지성사, 1989.

기형도,『기형도 전집』, 문학과지성사, 1999.

김수이, 「타자와 만나는 두 가지 방식-기형도, 남진우의 시에 관하여」,『계간 문학동네』, 1997.

김현,『입속에 검은 잎』, 문학과지성사, 1989.

박철화, 「집 없는 자의 길 찾기, 혹은 죽음」,『문학과지성』 가을호, 문학과지성사, 1989.

성석제,『기형도, 삶의 공간과 추억에 대한 경멸』,『사랑을 읽고 나는 쓰네』, 솔, 1994.

이명원,『연옥에서 고고학자처럼』, 서울: 새움, 2005.

이선영,『문학비평의 방법과 실제』, 서울: 삼지원, 2005 개정판.

낯익은 얼굴
낯선 자화상

ⓒ 김형출, 2025

초판 1쇄 발행 2025년 1월 1일

지은이   김형출
펴낸이   이기봉
편집   좋은땅 편집팀
펴낸곳   도서출판 좋은땅
주소   서울특별시 마포구 양화로12길 26 지월드빌딩 (서교동 395-7)
전화   02)374-8616~7
팩스   02)374-8614
이메일   gworldbook@naver.com
홈페이지   www.g-world.co.kr

ISBN   979-11-388-3821-4 (03810)